Zdenka Becker

Wurde am 25. 3. 1951 in Eger (Tschechien) geboren und wuchs in Preßburg (Slowakei) auf. 1974 schloß sie ihr Studium an der Wirtschaftsuniversität Bratislava ab. 1975 übersiedelte sie nach Wien und erwarb die österreichische Staatsbürgerschaft. 1983 folgte ein Umzug nach St. Pölten. Erst 1986 begann ihre literarische Tätigkeit in deutscher Sprache. Am Dolmetsch-Institut Wien ließ sie sich 1988-90 zur Übersetzerin ausbilden. Nach einer Vielzahl ausgeübter Berufe arbeitet sie als freie Schriftstellerin und Übersetzerin. 1998 gründete sie den Kulturverein „Die Brücke International“. Ihr literarisches Schaffen fand durch die Aufnahme in etliche Schriftstellerverbände Anerkennung. Sie ist u.a. Mitglied im P.E.N.-Club Slowakei und der Österreichischen Dramatiker-Vereinigung.

„Andere drucken Bücher. Ich verlege AutorInnen.“
Dietmar Ehrenreich

Sie möchten die Autorin zu einer Lesung einladen?
Kontaktaufnahme: LITERATURKANZLEI (07228) 6413

CIP-Titelaufnahme der Deutschen Bibliothek
Becker, Zdenka: GOOD-BYE, GALINA
1. Auflage Linz – Wien, Resistenz, 2001
ISBN 3-85285-059-2

Satz & Layout: Walter Hagenberger

»Resistenz bedeutet Widerstandsfähigkeit, und Literatur hat einen so geringen Stellenwert in unserer Gesellschaft, daß es starker Resistenz bedarf, Schriftstellern ein gutes Publikationsforum bieten zu können.«

Zdenka Becker

GOOD-BYE, GALINA

Erzählungen

Resistenz

Dein Nam‘ ist nur mein Feind...

(William Shakespeare)

SIDONIE
oder
Hautnah

Die Haut ist mein teuerstes Kleid, meine Hülle, mein Schutz, mein Aussehen. Empfindsam ist sie, fähig die kleinsten Schwingungen von außen wahrzunehmen, mit Poren und Härchen durchsetzt, mit feinsten Antennen ausgestattet. Hautnahe Erlebnisse berühren, erfreuen, verletzen. Zwischen mir und der Außenwelt die Haut, mein teuerstes Kleid, das mich beschützt und wärmt, das Freude und Schmerz durchläßt.

In der Sprache, die einmal meine war, heißt Liebe „láska". Ich suche sie hier und überall. Unermüdlich. Den Hauch der Wärme, das zarte Kribbeln, den Duft und die Berührung, Sicherheit... Wenn sie es einmal erlebt hat, vergißt die Haut dieses Gefühl nie mehr... Worte... ja... die Worte kann man vergessen, aber an die Berührung und den Duft erinnert sich die Haut ewig. Sie ist süchtig danach. Wie wäre es sonst möglich, daß wir immer wieder imstande sind, auf neue Düfte, neue Berührungen und auf neue Liebe zu hoffen?

* * *

Seit es mir bewußt ist, daß es für immer so bleiben wird, daß die anderen sofort, nachdem sie mich sprechen gehört haben, fragen werden, woher ich komme, denke ich, daß mein Beruf Ausländerin sei. Für immer und ewig. Ich bin hier allein, kein Mensch spricht so wie ich, keiner stößt die Laute so hart und kurz aus sich wie ich. Meine Aussprache ist die Erinnerung an meine verlorene Heimat, sie ist die Flucht nach vorne, ein Brandmal, eine Tätowierung, der ich davonzurennen versuche. Ich lebe in einer fremden Welt ohne Land und ohne Volk, benütze Worte, die nicht meine sind.

Ost und West. Ein Gefälle, das ich hinabgerutscht bin. In ein Gefäß, in dem ich bade, in dem ich mich häute, aus dem ich wie neugeboren aussteige. Nackt. Ein anderer Mensch. Mit meiner neuen Sprache berühre ich das Land. Ich lasse es auf der Zunge zergehen und schmecke das Süße, das Salzige, das Bittere... Ich schmecke das Land, das mich vielleicht eines Tages aufnehmen wird. Wenn ich es will. Will ich es? Die Ohren nehmen die Töne wahr. Lieblich und schrill. „Gefällt es Ihnen bei uns?“ Bei euch? Bin ich nicht auch... bei uns? Die Antwort... meine Sprache, ein Paradiesvogel im Dschungel der Großstadt, schlägt hilflos mit den Flügeln. Wohin mein Wort fällt, drehen sich die Augen nach mir um.

Verblichene Bilder meiner Kindheit tief in mir begraben. Deutsch, die Baumrinde rund um mich, beschützt sie. Ich schweige in meiner fremden Sprache, die für mich zur zweiten Haut geworden ist. Sie umhüllt die erste, die feine, verletzliche, bildet einen Schutzwall, wie ein Panzer hält sie mich zusammen. Wenn ich nach draußen gehe, schütze ich meine dünne Haut mit einem Panzer aus Baumrinde. So fühle ich mich sicher.

Slowakisch, meine Muttersprache, verbirgt sich unter dieser Rinde. Sie ist weich und anschmiegsam; sie erinnert mich an die Wärme in Mutters Bett. An mein Kuscheln an ihrem nach Brot duftenden Körper, an mein Verlangen nach ihrer Brust, obwohl ich schon drei oder vier Jahre alt war. Daß die Welt außerhalb dieses Bettes rauh und eisig war, erfuhr ich erst viele Jahre später.

Ich bin fremd hier, weil sich meine Zunge nach den Vokalen nicht so richtig biegt, fremd dort, weil ich den Meinen den Rücken kehrte. Gefallen in den Graben zwischen zwei Kulturen, die sich näher kommen möchten.

„Wie gut dein Deutsch ist“, sagen die Menschen immer wieder. „Nein, du bist keine Ausländerin, wenn du unsere Sprache so gut sprichst.“ Bei solchen Worten überlege ich manchmal, ob ich mich freuen oder schämen soll. Mein Deutsch, meine Rinde um meine Haut ist angeblich so dick geworden, daß keiner mein wahres Ich ahnt. Na gut. Ich gestehe alles. Ich habe Ihre Sprache an mich gerissen, mit ihr gerauft und gespielt, sie von einer Feindin zur Freundin umgepolt, sie zu meinem Werkzeug gemacht.

Ich schreibe in einer fremden Sprache, die für mich zur zweiten Haut geworden ist. Sie umhüllt die erste, die feine, verletzliche, bildet einen Schutzwall, wie eine Baumrinde hält sie mich zusammen. Ich möchte über das Gefühl, in einem unbekannten Land zu leben, schreiben und schreibe über mich. Mit geliehenen Worten, die ich lange verweigerte. Aus Angst an meine Grenzen zu stoßen, meine eigene Unfähigkeit erkennen zu müssen.

Wieviele Sprachen du sprichst, so viele Male bist du ein Mensch, sagt ein altes Sprichwort. Ich spreche vier Sprachen und bin nur ein Mensch. Keine vier. Ich bin ein Mensch mit vier Häuten, die meinen Körper wie Jahresringe umgeben, die ein Teil von ihm sind.

Russisch bedeutet mir die goldene Umhüllung eines Olivenblatts aus Hawaii. Das Schmuckstück schenkte mir eine fremde Russin in Las Vegas als ein Andenken an unser Treffen. Ich sprach sie in ihrer Muttersprache an. Sie weinte, als sie mir von ihrer Emigration erzählte. Von Verlorenem und Neugefundenem, von Werten, die man nicht kaufen kann. Sie hatte in Amerika alles, nur die Worte sind ihr abhanden gekommen. Sie fühlte sich arm. An dem Abend tauchte sie in ihre Vergangenheit ein, sie redete, sie lachte, sie weinte. Beim Abschied beschenkte und umarmte sie mich. Dann verschwand sie und ich hielt das goldene Blättchen in der Hand in dem Bewußtsein, daß wir nicht einmal die Adressen getauscht hatten. Ich weiß nicht, wie sie heißt und ich weiß nicht, wo sie wohnt. Ich kann mich nicht einmal erinnern, wie sie ausgesehen hat. Trotzdem habe ich die Frau nicht verloren. Ich trage sie in dem vergoldeten Olivenblatt in mir.

Englisch ist meine Regenhaut. Es kann schütten, so viel es will, mit dieser Haut werde ich nicht naß. Ich schreite darin verhüllt die Straßen entlang und fühle mich unerkannt. Tausende Tönungen, tausende Nuancen, tausende Möglichkeiten diese Sprache auszusprechen, haben sie widerstandsfähig gegen Fragen gemacht. Ich bin froh, daß ich mich verständigen kann, mehr brauche ich nicht. Kein Mensch in New York fragt mich, woher ich komme.

Ich schreibe in einer fremden Sprache, die für mich zur zweiten Haut geworden ist. Gern spiele ich mit neuen Worten, verleihe ihnen Eigenschaften, entlocke Gefühle. Ich spaziere durch die Sprachen und erlebe Geschichten, ernste und lustige Geschichten, die mich vereinnahmen. Und dann wundere ich mich manchmal, wie ich in diese oder jene Geschichte geraten bin, wie es passieren konnte, daß jemand meint, daß ich hier fremd bin.

Ich schreibe in einer fremden Sprache, Sarah, eine schwarze Schönheit aus Jamaika fährt mit uns gern Ski, Jason, unser australischer Freund, bewundert den Meister Hundertwasser, Giorgia aus Rom kocht für uns Spaghetti, was ist eigentlich mit Joeana, sie hat schon lange nicht geschrieben, wollte nicht Lubo zu Weihnachten kommen...? Meine Zeit ist voll von Menschen, Sprachen und Geschichten, die meine dünne, empfindsame Haut unter der Baumrinde berühren. Ich fühle mich, als wäre ich zu Hause. Vielleicht bin ich hier zu Hause.

MANIJEH
oder
Der Platz auf dem Balkon

Vielleicht wärest du eine Schauspielerin... oder Sängerin... oder... auf jeden Fall wärest du etwas ganz Besonderes. Ich spüre es, daß du etwas ganz Besonderes geworden wärest. Nachts, wenn ich manchmal nicht schlafen kann, denke ich an dich. Ich stelle mir vor, wie du aussehen würdest... meine Figur, die schmalen Hüften, die kleinen festen Brüste... die Augen hättest du sicher von Hans... solche Augen muß man einfach haben und seine Haare... ja, mit seinen Haaren wärest du besser dran. Meine sind zu kraus und widerspenstig, sie lassen sich schlecht kämmen, vor allem nach dem Waschen zupfe ich endlos an meiner Frisur.

Meine Tochter. Meine ungeborene Tochter. Du bist immer bei mir. Trotz deiner Nichtgeburt, trotz deiner Nichtexistenz. Du hast meinen Bauch verlassen, dich in meinem Kopf eingenistet, du begleitest mich jeden Tag. Du tröstest mich über die Leere in mir hinweg, über mein ausgeräumtes Becken, über das Kinderzimmer, das dein erstes und unstrittiges sein sollte. All das ist anders gekommen. Du warst eine Vertriebene, ich eine Erleichterte und Belastete zugleich. Richterin und Henkerin.

Viele Jahre. Endlose Erinnerungen. Ein ausgehöhlter Bauch, zerstückelte Gliedmaßen eines Embryos, verächtliche Blikke. Ich. Allein. In einer Welt, die ich nicht kannte, in die ich alle meine Hoffnungen hineingelegt hatte; damals, als meine Schwestern und ich am Sterbebett unseres Vaters standen. Er rief uns eine nach der anderen zu sich, sah uns aus seinen erloschenen Augen an, drückte unsere Hände und sagte leise: „Geht fort. Geht von hier fort, solange es noch geht.“

Das sagt sich so leicht. Geh fort. Geh von hier fort, solange es noch geht. Der Vater war ein fortschrittlicher Mann. Er glaubte an die Zukunft ohne Hunger und Angst, er glaubte daran, daß auch seine Töchter, eine Chance im Leben verdienen. Wir durften Gymnasien besuchen, mußten niemals einen Tschador tragen und kleideten uns westlich auch dann, als die Fundamentalisten den Schah attackierten und er ins Exil mußte. Unser sterbender Vater bestand darauf, daß wir Persien verlassen und unsere Chance im Leben wahrnehmen.

Aber was machst du, wenn du gerade achtzehn bist, und erwartest, daß in deinem Leben etwas Außergewöhnliches passiert und das einzige, was auf dich zukommt, eine zerbrochene Familie ist, ein fernes Land und eine Sprache, die du nicht verstehst. Anstatt in einem Ballsaal die ganze Nacht durchzutanzen, findest du dich in einer Flughafenhalle wieder, umgeben von der Verwandtschaft, die du nur von Erzählungen kennst und alles, was vom bisherigen Leben übrig bleibt, sind zwei Koffer und ein voller Kopf von Erinnerungen.

Von einem Tag auf den anderen hörst du auf Kind zu sein, kämpfst gegen das erzwungene Erwachsensein, vermißt deine Freunde, deinen gewohnten Anblick, all das, was zu deinem Leben gehörte. Die Welt rund um dich verändert sich auf Knopfdruck. Alles, was bunt war, wird jetzt grau, alles, was nach irgend etwas roch oder duftete steril, laute Stimmen vom Bazar durch Verkehrslärm ersetzt. Die Nachbarn sind schweigsam, die Straßenbahn fährt viel zu schnell und keiner grüßt dich oder läßt zu, daß du ihn grüßt. Auf der Straße begegnest du Gesichtern mit gesenkten Blicken, vergrämten Gesichtern, Lippen, die das Lachen noch nicht entdeckt haben. Auf einmal stimmt nichts mehr in deinem Leben. Rein gar nichts. Das Wetter nicht, das Essen, das Studium, nicht einmal die Verwandtschaft, die für deinen Geschmack viel zu entfremdet deiner Kultur ist. Auf einmal bist du eine Fremde in einer fremden Stadt, eine Fremde in einer Familie, mit der dich ein gemeinsames Blut verbindet, eine Fremde in dir selbst.

Dein neues Leben gleicht einer dunklen Gasse, die du voller Angst entlang schreitest, lauschst jedem Geräusch, hörst Schritte hinter dir, rennst, die Schritte werden immer schneller. Der Lauf beschleunigt deinen Atem, deinen Puls, er hört sich wie Musik an, wie trommelnde Töne der Weite, die du in dir trägst.

Geh fort. Geh fort, solange es noch geht, hat der Vater verlangt und du verstehst nicht, wie er es dir antun konnte. Dich so jung fortzuschicken und ganz weit weg, am anderen Ende der Welt, ein neues Leben anzufangen. Du tröstest dich damit, daß dein Aufenthalt hier nur von einer gewissen Dauer sei, von einer begrenzten Dauer, die du, wann immer du es willst, beenden kannst. Wenn sich die Lage in Persien beruhigt, wenn die Menschen von der Manipulation und religiösem Wahn genug haben werden, wird deine Zeit kommen und du kannst nach Hause zurückkehren, sagst du dir jeden Tag vor dem Einschlafen. Heute noch nicht, morgen wahrscheinlich auch nicht, aber übermorgen... Übermorgen ist alles möglich. Übermorgen wird der Tag kommen...

Bodenkultur, die du mehr aus Verzweiflung als aus Interesse zu studieren beginnst, ist nicht deine Welt. Nicht in Wien. Du unterbrichst das Studium und fängst ein neues an, heute weißt du nicht mehr, was es damals war. Du wechselst alle zwei Wochen die Institute und findest keine Studienrichtung, die zu dir passen würde. Du bist verzweifelt. Nicht nur, daß das Geld, dein Erbteil, immer knapper wird, das Schlimmste ist, daß du mit dir selbst überhaupt nichts anzufangen weißt. Tagsüber sitzt du allein im Vorlesungssaal, am Abend langweilst du dich vor dem Fernseher. Einsamkeit ist dein ständiger Begleiter.

Und jetzt wirst du mich sicher fragen, mein Kind, warum ich keine Freunde suchte, junge Menschen, mit denen ich lachen und meine Trauer hätte vergessen können. Ich werde es dir sagen. Ich habe sie gesucht und irgendwann, viel, viel später auch gefunden. Nach langem, langem Suchen. Es hatte einige Zeit gedauert, bis ich für Freundschaften offen war. Und dann suchte ich nicht irgendjemanden, sondern einen Menschen für den es nicht außergewöhnlich war, daß ich mich in Wien nicht zurecht gefunden hatte. Für den ich keine verwöhnte Iranerin war, die sich vom Geld ihres verstorbenen Vaters ein schönes Leben in Europa gegönnt hatte.

Ich habe einen jungen Mann gefunden. Einen wunderbaren Mann. Schade, daß du ihn nie kennenlernen wirst, mein Kleines. Hans ist ein außergewöhnlicher Mensch. Hans ist... er war anders als die, die ich bis dahin getroffen hatte. Er konnte lachen und es ist ihm gelungen auch mich zum Lachen zu bringen. Und er machte mich mit Leuten bekannt, mit denen es keine Zeitverschwendung war zu reden. Sie waren anders als ich, aber sie waren bereit mir zuzuhören. Ich erfuhr, daß auch sie Probleme hatten und weil ihre Eltern sie finanziellen nicht unterstützen konnten, neben dem Studium arbeiten mußten. Wien war auch für sie nicht das goldene Pflaster, auf dem Geldscheine herumlagen, die nur darauf warteten, aufgeklaubt zu werden.

Hans, Hans... die ganze Welt dreht sich um Hans. Es war die wichtigste Sache der Welt wie er lachte, wie er mich küßte, wie er eine Orange schälte und mich in seine Arme nahm. Er, der zärtliche Riese, trug mich auf Händen und ich hatte keine Ansprüche mehr an das Leben außer in diesen Händen für immer zu bleiben. Mich an ihn zu kuscheln, seine Wärme zu spüren und ihn niemals zu verlieren. Unser Zusammensein war die süße Antwort auf die Frage, an die ich mich nicht mehr erinnern konnte.

Mit Hans begann ich Wien zu mögen. Mit all seinem Charme und Esprit, aber auch mit seinem Nörgeln und seinen Schrulligkeiten. Wien war auf einmal für mich der Mittelpunkt der

Welt und ich mittendrin, ein bis über beide Ohren verliebtes persisches Mädchen, das anstatt Augen zwei rosa Herzen im Gesicht hatte. Ab diesem Zeitpunkt waren Hans und ich unzertrennlich. Ich studierte wie er Fremdsprachen am Dolmetschinstitut, jobbte als Komparsin am Theater und zog unter lauten Protesten meiner Verwandten zu ihm.

Mein Kind, kannst du es dir vorstellen wie es ist? Endlich spürst du Wärme und Geborgenheit. Endlich hast du jemanden, dem du vertrauen, bei dem du dich fallen lassen kannst und der dich allein dafür, daß es dich gibt, liebt. Endlich bist du zu Hause. Endlich ist jemand da, der dir mit Sicherheit einen Grießbrei kocht, wenn dich der Magen drückt, der dir Kaffee bringt, wenn dich der Prüfungsstreß zerfrißt. Und das, obwohl Hans immer größere Rollen am Theater bekam und auch hin und wieder Regie führte. Du bewunderst sein Talent und seinen Fleiß, du bewunderst den Mann, der dir, nachdem er von der Vorstellung erschöpft nach Hause kommt, Tee kocht und erzählt, wieviele Zuschauer da waren, wie sie reagierten und welcher Schauspieler wie spielte.

Er zeigt es dir, er spricht den Text nach, parodiert, er lacht, du lachst mit ihm und bist glücklich, genießt den Moment. Hans ist die Sanftmut in Person. Er ist der fürsorglichste Mensch, den frau sich nur wünschen kann. Mit ihm entdeckst du die Welt wieder, du entdeckst dich selbst. In seinem Blick, in seiner Umarmung, in seinem Lächeln. Und irgendwann begreifst du nicht mehr, wie du ohne ihn hast leben können, wo er all die Jahre gewesen war, als du ihn noch nicht kanntest.

Und auf einmal weißt du ganz genau, was du werden möchtest. Die Theaterluft, zu der dich Hans führt, verzaubert dich auf so unbeschreibliche Weise, daß du ab nun nur auf den Brettern, die die Welt bedeuten, stehen willst um dem Publikum etwas vorzuspielen. Nicht um berühmt zu werden oder

Geld zu verdienen, vielmehr ist es die Verwandlungsfähigkeit und die Möglichkeit einmal ein anderer zu sein, die dich fasziniert.

Wie alt wärest du eigentlich? Zwanzig, einundzwanzig... jedenfalls erwachsen. Sicher wärest du größer als ich, kein Kunststück bei meiner Zwergengröße. Vielleicht wärest du sogar größer als dein Vater. Heutzutage sind die jungen Menschen sehr groß und sie strahlen Selbstsicherheit aus, die mir gefällt. Sie wissen, was sie wollen und das ist gut so.

Immer, wenn ich die Augen schließe, sehe ich dich vor mir stehen. Und ich höre deine Fragen, immer die gleichen Fragen, auf die ich Antworten suche. Und du stellst neue Fragen, dann wiederholst du die alten, du spielst ein Spiel mit mir, ein grausames Spiel. Aber was wäre, wenn ich Fragen an dich richtete, wenn ich mir vorstellte, daß du in meiner Haut stecktest und nach einem Platz für dich suchst.

Meine liebe Tochter, das Leben ist nicht so einfach, wie man sich das als ein Nichtexistierender vorstellt. Nehmen wir an, du liebst einen Mann, nennen wir ihn einfachheitshalber auch Hans, und er liebt das Theater. Und du liebst es auch und möchtest unbedingt im gleichen Beruf arbeiten. Erfolgreich sein. Und was machst du? Es ist nicht schwer zu erraten. Kurzerhand hängst du das Fremdsprachenstudium an den Nagel, Hans hat es schon Monate vor dir getan, und meldest dich an einer Schauspielschule an. Zusätzlich dazu nimmst du Privatunterricht in Schauspiel und Tanz, lernst Klavierspielen und Singen. Und endlich bist du glücklich. Du spürst, das Leben könnte beginnen.

Nur so einfach ist es auch wieder nicht. Deine Verwandten sind von deinem Lebenswandel nicht erfreut. Was heißt nicht erfreut. Nennen wir es beim Namen - sie sind schockiert. Sie weisen immer wieder auf deinen Vater hin, der keine Ruhe im Grab findet, weil er sein schwer verdientes und erspartes Geld in eine Tochter investiert hat, die es nicht wert war. Gauklerin nennen sie dich und ein leichtes Mädchen, das seine Ehre an einen Mann verschenkt, der nicht imstande ist, es zu ernähren.

Hans und du, ihr seid glücklich. Es fehlt euch an nichts. Ihr habt eure kleine Wohnung, Berufe, die euch ausfüllen... und ihr habt einander. Mehr braucht ihr nicht. Trotzdem drängt die Verwandtschaft auf eine baldige Heirat, und ihr gebt, um endlich Ruhe zu haben, nach. Ihr heiratet an einem heißen Junitag, du in einem Traum aus weißer Seide, er elegant in Schwarz, die Tanten versuchen ihre Rührung hinter Taschentüchern zu verstecken, die Tische biegen sich vor Köstlichkeiten, ihr macht das Theater mit und am Ende habt ihr eine Urkunde in der Hand, von der ihr überzeugt seid, daß sie völlig unnötig sei. Du bekommst einen neuen Namen und bist auf dem Papier eine Inländerin, sonst verändert sich für dich nichts. Du bist nachwievor die Alte, siehst aus und denkst wie eine Perserin, liebst einen Mann mit blauen Augen und sehnst dich nach der Sonne Asiens.

Nicht der Urkunde wegen, sondern weil ihr immer mehr mit dem Theater zusammen wachst und euch wegen der Verpflichtungen immer seltener sehen könnt, verändert sich euer Leben. Wie zwei Besessene stürzt ihr euch in die Arbeit, habt nichts, als eure Karrieren im Kopf und das nur, um euch, aber vor allem es allen zu beweisen, daß ihr es auch als Gaukler schafft.

Hans hat es leichter. Seine deutsche Muttersprache ist ein wertvolles Instrument im Schauspielerberuf. Du hingegen schlägst dich mit deinem persischen Akzent in den Rollen von Zigeunerinnen, Bedienerinnen und allen möglichen Außenseiterinnen durch und träumst im Stillen einmal auf dem Balkon zu stehen und als Julia dem Romeo die verheißungsvollen Sätze zu rufen: *O, Romeo! Warum denn Romeo? Verleugne deinen Vater, deinen Namen! Willst du das nicht, schwör dich zu meinem Liebsten, und ich bin länger keine Capulet!*

Aber die Rechnung geht nicht auf. Keiner in Wien will eine Julia haben, die das Burgtheaterdeutsch nicht im kleinen Finger hat und schon gar nicht eine mit persischem Akzent. Deine Herkunft, auf die du immer stolz warst, steht dir mächtig im Weg und du verdammst deinen Namen, deine Stimme, dein Gesicht. Deine schwarzen Locken zwingst du mit Gummiringen und Spangen zu einem glatten Knoten, deine dunklen Augen versteckst du hinter gesenkten Lidern.

Dein Nam' ist nur mein Feind. Du bliebst du selbst, und wärst du auch kein Montague. Was ist den Montague? Es ist nicht Hand, nicht Fuß, noch ein andrer Teil. Was ist ein Name? Was uns Rose heißt, wie es auch hieße, würde lieblich duften; so Romeo, wenn er auch anders hieße, er würde doch den köstlichen Gehalt bewahren, welcher sein ist ohne Titel. O Romeo, leg deinen Namen ab und für den Namen, der sein Selbst nicht ist, nimm meines ganz!

Meine liebe Tochter, du ahnst es bereits, Schauspielerin in Wien zu sein, ist nicht leicht. Aber du lebst in dieser Stadt, hast deine Seele an das Theater verschenkt, willst leben und überleben und suchst nach Möglichkeiten, wie du trotzdem der Bühne treu bleiben kannst. Die neue Chance kommt zufällig wie alles in deinem Leben. Je mehr du darüber nachdenkst, um so mehr weißt du es. Dein Leben ist eine Reihe von Zufällen, die in der Summe eine Konstante ergeben. Eine Kette, die Glied für Glied an deinem Schicksal arbeitet, die Sicherheit gibt und gleichzeitig fesselt.

Weil an einem der Theater, an dem du gelegentlich arbeitest, der Dramaturg ins Krankenhaus muß und du gerade in keinem Stück mitspielst, übernimmst du die Öffentlichkeitsarbeit für ein Stück und landest einen ungeahnten Erfolg. Es ist dir gelungen, viele wichtige Journalisten zu der Premiere zu bekommen, die wiederum über das Stück Lobeshymnen schreiben. Ab diesem Zeitpunkt bekommst du öfter solche Aufgaben, es macht dir Spaß mit Ministerien und Magistratsabteilungen über die Subventionen zu verhandeln und neue Stücke auszusuchen und du entfernst dich immer mehr vom Schauspiel und wendest dich der Organisation zu.

Hans läuft der Erfolg förmlich nach. Er inszeniert Theaterstücke vor allem an deutschen Bühnen, nach Hause kommt er nur alle paar Wochen. Wenn ihr zusammen im Bett liegt, spürst du, wie fremd er geworden ist. Ihr schlaft beinah aus Pflichtbewußtsein zusammen, erledigt das, wovon ihr glaubt, daß der eine es vom anderen erwartet und versucht so zu tun, als ob alles in Ordnung sei. Jetzt bist du an der Reihe mit Grießbrei und Tee, du machst es gern, denn er ist müde und erschöpft, er sitzt auf der Couch und erzählt von seiner Arbeit und irgendwann hört er auf zu erzählen und schläft ein.

Neben dir liegt sein schwer atmender Körper, du beobachtest seine entspannten Muskel, schmiegst dich an ihn, versuchst ein bißchen Wärme für dich zu stehlen. Seine Hände ruhen neben ihm, sie greifen nicht nach dir, auch dann nicht, als du sie zart küßt. Er ist zu Hause und doch nicht ganz, du vermißt ihn, noch während er bei dir liegt.

Und dann ist er wieder für Wochen weg und du stürzt dich immer mehr in deine Arbeit und betäubst dich mit neuen Ideen und Aufgaben, bist kreativ, ein andermal praktisch, aber was immer du auch tust, du bist dabei unermüdlich. So geht es Wochen und Monate lang, du schläfst kaum und brichst eines Tages zusammen und findest dich in einem Krankenhaus wieder, über dir das besorgte Gesicht eines Arztes und die Hände einer Krankenschwester, die die Infusionsflasche wechselt. Der Arzt schüttelt seinen Kopf und schimpft dich väterlich, daß du dich in deinem Zustand nicht überarbeiten sollst. Was soll das heißen, denkst du, was für ein Zustand, es ist doch dein alltäglicher Zustand, jeden Abend am Rande der Erschöpfung zu sein und keine Zeit zum Nachdenken zu haben.

Wie du aber ein paar Minuten später erfährst, ist dein Zustand doch ein anderer. Du bist schwanger und wußtest nichts davon. Im ersten Moment erschrickst du, du kannst es dir nicht vorstellen, daß in deinem Leben Platz für ein Kind wäre, doch dann beginnst du dich mit der Idee anzufreunden. Hans wird jetzt, wo ihr Eltern werdet, weniger im Ausland arbeiten oder du könntest mit ihm nach Deutschland gehen, zumindest während des Karenzjahres. Eigentlich ist es sehr einfach, vielleicht sogar besser so, vielleicht bekommt die Beziehung einen frischen Wind, den sie sowieso schon längst gebraucht hätte.

Hans wird sich sicher freuen, er wird vor Freude aufspringen, er wird es nicht fassen können, daß er Vater wird. Hans, Hans, die ganze Welt dreht sich um Hans. Und um das Kind. Sein und mein Kind. Ich war mir von Anfang an sicher, daß ich ein Mädchen unter meinem Herzen trage. Ein winzig kleines Mädchen, das eines Tages auf dem Balkon der Capulets stehen und die verheißungsvollen Sätze, die mir nicht vergönnt waren, ihrem Romeo zurufen wird. Manijeh soll sie heißen, in Erinnerung an die persische Julia, die mit Bijan um ihre Liebe kämpfte.

Manijeh mit ihrem österreichischen Vater und dem Geburtsort Wien wird keine Sprachprobleme haben. Sie wird sich für ihre Aussprache nicht schämen müssen. Sie wird niemandem erklären müssen, woher sie kommt, weil alle wissen werden, daß sie eine von ihnen ist. Ihr Burgtheaterdeutsch wird das Schönste von allen sein.

Willst du schon gehn? Der Tag ist ja noch fern. Es war die Nachtigall und nicht die Lerche, die eben jetzt dein banges Ohr durchdrang; sie singt des Nachts auf dem Granatbaum dort. Glaub, Lieber, mir: es war die Nachtigall.

Meine Manijeh wird meine Träume leben. Sie wird hier zu Hause sein und alle werden sie lieben und respektieren. Mit ihrer Schönheit, ihrer Klugheit und dem exotischen Touch, der in diesem Land gern toleriert wird, solange man dazu gehört und dabei doch etwas Besonderes ist. Meine Tochter wird etwas Besonderes sein. Davon war ich überzeugt.

Noch hatte Hans keine Ahnung von meinen Plänen für unser gemeinsames Kind, er wußte nicht, daß es sie überhaupt gegeben hatte. Die Proben an dem Stück, das er zur Uraufführung bringen wollte, schienen sehr intensiv zu sein, denn er meldete sich seit Wochen nicht und ich entschied mich, ihn in seinem Kreativprozeß nicht zu stören, sondern zu warten.

Du warst immer bei mir. Wir standen gemeinsam auf, atmeten die gleiche Luft, wir wiegten uns den ganzen Tag im Rhythmus meiner Schritte. Ich spürte deine Anwesenheit und fühlte mich stark wie eine Löwin, die ihr Junges verteidigt. Alles, was ich anfaßte, gelang. Von allen Seiten hörte ich nur Lob und bekam so viel Anerkennung, wie nie zuvor und war überhaupt nicht überrascht, als eines Tages ein Angebot kam, die Intendanz eines Festspielhauses zu übernehmen. Mit einer Selbstverständlichkeit, die ich an mir selbst nicht kannte, sagte ich zu.

Hans war immer noch in Berlin. Der Tag seiner Premiere rückte immer näher und ich freute mich auf den Augenblick, ihm die Neuigkeit, daß unser Leben eine wunderbare Wendung nehmen würde, zu verkünden. Doch anstatt dessen verkündete er mir am Telefon, daß er in Deutschland weiterhin bleiben wolle. Der Grund hieße Karin, 21 Jahre alt, und ist die beste Schauspielerin, die man sich nur vorstellen kann. Ich solle es verstehen, wir hatten schöne Zeit zusammen, sie sei aber endgültig vorbei und jetzt liege es an uns beiden, uns das Leben gegenseitig nicht schwer zu machen. Er wird an mich denken und mich im Herzen immer lieben, aber leben möchte er mit Karin.

Manijeh, von dir erzählte ich ihm nichts. Wozu auch? Von diesem Zeitpunkt an warst du nur meine Tochter, mein werdendes Kind in meinem Leib, meine Freude, mein Leid. Du wuchsest in meinem Körper und warst ein Teil von mir. Ein Teil von einer Mutter, die gebrandmarkt von dunklerer Haut und unaussprechlichen Worten war, ein Teil von einer Mutter, die auf einmal eine enorme Angst verspürte. Angst, in einem fremden Land zu leben mit einer Tochter, die ihren österreichischen Vater nie kennenlernen wird, Angst vor ihren Fragen, vor der Verantwortung ihr nie den Platz auf dem Balkon der Capulets zu sichern.

O Trostesbringer! Wo ist mein Gemahl? Ich weiß recht gut noch, wo ich sollte sein, da bin ich auch. – Wo ist mein Romeo?

Nächtelang redete ich zu meinem Bauch und versuchte, ihm seine Zustimmung zu entlocken. Eine Zustimmung zu einer Entscheidung, die ich längst getroffen hatte. Über Sein und Nichtsein, über die Chance, nicht geboren zu werden. Der Bauch schwieg. Manijeh, du hast dich auf mich verlassen. Du hast dein Schicksal in meine Hände gelegt, wie ich damals mein Schicksal in die Hände meines Vaters gelegt hatte. „Geh fort. Geh von hier fort, solange es noch geht“, hatte er gesagt und ich folgte seinem Rat.

Geh nur, entweich! Denn ich will nicht von hinnen. Was ist das hier? Ein Becher, festgeklemmt in meines Trauten Hand? Gift, seh ich, war sein Ende vor der Zeit. O Böser!

Alles zu trinken, keinen güt'gen Tropfen mir zu gönnen, der mich zu dir brächt? Ich will dir deine Lippen küssen. Ach, vielleicht hängt noch ein wenig Gift daran und läßt mich an einer Labung sterben.

Manijeh, du bist fortgegangen. Ganz weit weg. Vielleicht wärest du eine Schauspielerin... oder Sängerin... oder... auf jeden Fall wärest du etwas ganz Besonderes. Ich weiß es, daß du etwas ganz Besonderes geworden wärest. Meine Tochter. Meine ungeborene Tochter, du bist seit Jahren bei mir. Trotz deiner Nichtgeburt, trotz deiner Nichtexistenz. Du hast meinen Bauch verlassen, dich in meinem Kopf eingenistet, du begleitest mich jeden Tag. Du tröstest mich über die Leere in mir hinweg, über mein ausgeräumtes Becken, über das Kinderzimmer, das dein erstes und unstrittiges sein sollte.

Carolus
oder
Der lange Weg nach Hause

1.

Ich bringe nur deswegen niemanden um, weil ich kein Blut sehen kann. Wie oft habe ich diesen Satz schon gedacht und mir vorgestellt, wie es wäre, wenn ich diese Menschen töten würde. Grund dazu hätte ich. Und auch Wut genug. Mein ganzes Leben lang träume ich von Rache.

Ich habe alles verloren. Damals, als ich noch ein wehrloses Kind war. Keiner hat mich gefragt, ob ich einverstanden bin. Keiner hat Rücksicht auf mich genommen. Jemand hat ein sinnloses Gesetz aufgestellt und die Massen haben es nur all zu gern befolgt. Und wir mußten das Land verlassen. Beraubt, geschändet, angeklagt.

Dieses *Land verlassen müssen* hat mein ganzes Leben beeinflußt. Ich suche nach meinen Wurzeln, nach Orten, die prägend auf mich eingewirkt haben, suche nach der Zugehörigkeit. Doch je mehr ich mich anstrenge, um so mehr spüre ich die Einsamkeit. Nichts macht mir Freude, mein Beruf nicht, Hobbys nicht, die ich sowieso nicht habe, Freunde nicht, die sich von mir abgewandt haben. Die Gegenwart interessiert mich nicht. Mit zunehmenden Jahren werde ich immer fixierter auf das, was damals war... was heute sein könnte.

Was wäre wenn... wie oft ich daran denke! Wie oft ich es mir vorstelle in dem Haus, das mein Großvater gebaut hat, zu wohnen! Unten wäre, wie es schon immer war, die Ordination, im ersten Stock meine Wohnung, im zweiten Stock und im Gartentrakt Mietwohnungen. Ich hätte eine gesicherte Existenz, aber vor allem wüßte ich, wo ich zu Hause bin. Nicht, daß ich jetzt am Hungertuch nagen würde, das nicht, meine Zahnarztpraxis geht sehr gut und auch mein Haus und das Auto entsprechen meinem Standard. Ich könnte rundum glücklich sein, nur ich bin es nicht. Ich ertrage den Gedanken nicht, daß mein Haus in Eger einem anderen gehört, einem, der es meinen Eltern und mir gestohlen hat.

Meine Geburtsstadt ist ein kleines Städtchen in Böhmens Westen, ganze fünf Kilometer von der deutschen Grenze entfernt. Einst lag es in einem Drei-Länder-Eck, weil auch der Grenzübergang in die ehemalige DDR nur einen Steinwurf entfernt war. Heute, nach der deutschen Vereinigung und dem Fall des Eisernen Vorhangs ist Eger das Vorzimmer in die Europäische Union geworden. Eine besondere Aufgabe für eine Kleinstadt mit zwei Gesichtshälften - einer slawischen und einer germanischen.

Der Handel zwischen den beiden Welten blüht. Die einen holen sich von den anderen das, was sie noch nicht haben, bieten an, wovon sie zu viel haben. Der Grenzverkehr belebt die Region rund um den Böhmerwald. Die Europastraße ist die Verbindung nach „Europa". Früher hieß sie Marx Straße, die Stadtväter, die den Straßen Namen geben, gehen jetzt mit der Zeit. Marx hat ausgedient.

Die Europastraße ist gesäumt von Mädchen in kurzen Röckchen und hautengen Hosen. Selbstbewußt bieten sie an jeder Ecke ihre Ware an. Hier der junge Körper, da ein paar Scheine, Deutsche Mark müssen es sein, für Kronen arbeitet keine auf dieser Luxuspromenade. Dafür ist sie nicht quer durch die Republik gefahren und hat alle Risiken auf sich genommen. Nein, die zahlungskräftigen Kunden sollen nur wissen, wen sie vor sich haben. Die Creme de la Creme der Huren aus dem Osten.

Die Autos bleiben stehen, es wird kurz verhandelt, das Mädchen steigt ein und fährt mit ihrem Freier davon. Spätestens in einer Stunde steht sie wieder an ihrem angestammten Platz und feilscht um Preise und Bedienungsextras. Der Service mit Kondom hat einen anderen Preis als ohne. Das versteht sich von selbst. Der Zuhälter steht meistens in der Nähe und achtet auf den Umsatz. Marktwirtschaft heißt die Devise in der neuen, freien Welt. Angebot und Nachfrage. Der Kunde ist der König. Aber nur dann, wenn er gut zahlt.

Auch in anderen Stadtteilen von Eger blüht das Geschäft. Die Ausfahrtstraße in die ehemalige DDR ist der Babystrich für Mädchen von 12 bis 15 Jahren geworden. Hier sind die Kunden hauptsächlich Südasiaten oder Männer aus dem Osten. Einzelgängerinnen stehen nach Belieben überall. Nur das linke Ufer der Ohre blieb von den Prostiuierten verschont. Hierher verirren sich selten Touristen und schon gar nicht „flotte" Männer jeden Alters, die sich für einen Pappenstiel ein paar Perversionen kaufen können, die sie zu Hause von ihrer „Mutti" nicht verlangen können, weil sie eine anständige Frau ist.

Das sind die Errungenschaften des Postsozialismus! Dafür haben wir also unser Hab und Gut verlieren müssen, damit sich Schwarzmarkt, Prostitution und Korruption ungehindert verbreiten können. Gut ausgedacht! Anarchie und moralischer Verfall. Ein geschwächtes Land läßt sich leichter manipulieren. Aus meiner Sicht ist es Untergang. Von Kommunisten geplanter und durchgeführter Untergang. Sie haben uns der Heimat beraubt. Sie haben uns des Lebens beraubt. Und das tut weh.

Bei der Vertreibung der Sudetendeutschen war ich gerade fünf Jahre alt, ich erinnere mich aber an Eger, wie es vorher gewesen war. Trotz des Krieges herrschte hier Ordnung und Zucht, Moral und Sauberkeit. Nach diesen Werten sehne ich mich immer noch. Aus diesem Grund komme ich immer wieder in die Stadt, die ich für mich *retten* möchte. Ich spaziere durch die Gassen, sehe mir die Menschen an, aber vor allem stehe ich immer wieder stundenlang vor *meinem* Haus, beobachte, wer hinein und herausgeht, und stelle mir vor, was wäre wenn...

2.

„Hallo, suchen Sie jemanden? Kann ich Ihnen helfen?“ rief mir ein Mann in einem altertümlich eleganten Deutsch zu. Er ging den Hauptplatz hinauf, ein rostiges Fahrrad neben sich schiebend, und mit der freien Hand wild gestikulierend. Er ging auf mich zu, als ob er auf mich gewartet hätte. Ich stieg gerade aus meinem Auto, um wie immer das Haus von außen zu betrachten.

„Nein, danke“, sagte ich. „Ich suche niemanden.“ Dann überlegte ich es mir und dreht mich zu ihm um. „Vielleicht doch... Wissen Sie, wer da jetzt wohnt?“

„Sind Sie ... von drüben?“ fragte er und zeigte in Richtung deutsche Grenze. Als er aber mein österreichisches Autokennzeichen sah, verbesserte er sich: „Österreicher... Von so weit kommen Sie her?“

Ich schwieg. Anstatt der Antwort, starrte ich immer noch das Haus an, dessen Untergeschoß, in dem sich einst die Ordination meines Großvaters und Vaters befunden hatte und das zu einem eleganten Restaurant mit dem vielversprechenden Namen *Fortuna* umgebaut war.

„Ich würde gern ins Haus...“ sagte ich. „Glauben Sie, daß es möglich ist?

„Natürlich ist es möglich.“ Der Mann mit der Schirmmütze lehnte sein Fahrrad an die Hausmauer, versperrte es mit Kette und Schloß und führte mich in das Stiegenhaus. Er sah auf den Postkästen die Namen durch, dann zeigte er auf ein bestimmtes Namensschild. „Frau Dvoøáková ist immer zu Hause. Wenn Sie wollen, läute ich für Sie an.“ Und noch bevor ich reagieren konnte, ging er in den ersten Stock, läutete an, anschließend hörte ich, wie er mit jemandem sprach.

„Dobrý den, Růženko. Někdo tě tady hledá. Z Nemecka... ne z Rakouska. Mùžu ho vyvést nahoru?“

„Z Rakouska? Kdo je to? Já neznám nikoho z Rakouska.“

„Jeden pán. Asi tady bydlel. Před válkou. Vždyt to znáš. Chce s tebou jenom mluvit...“

„Kriste pane o čem? Vždyt je tomu už tolik let!“

„Můžu ho poslat nahoru?“

„Když myslíš... Ale zůstaňtady... Nenech mne s ním samotnou. Bůh ví, co ode mne chce. “[1]

Im Stiegenhaus roch es eigenartig. Es war die Mischung aus Moder und Pisse, die man in alten Viadukten riechen kann. Die Wand unter den Briefkästen schimmelte, an der Decke breiteten sich nasse Flecken aus. Ich stieg ungeduldig von

1

„Guten Tag, Rùženka. Jemand sucht nach dir. Aus Deutschland... nein aus Österreich. Darf ich ihn hinaufführen?“

„Aus Österreich? Wer ist das? Ich kenne niemanden aus Österreich.“

„Ein Herr. Wahrscheinlich hat er hier irgendwann gewohnt. Vor dem Krieg. Du kennst das doch. Er will nur mir dir reden.“

„Um Gotteswillen, worüber? Es ist doch schon so lange her!“

„Darf ich ihn hinaufschicken?

„Wenn du glaubst... Aber bleibt auch du... laß mich mit ihm nicht allein. Wer weiß, was er von mir will.“

einem Fuß auf den anderen und dachte, daß es sowieso keinen Zweck mehr habe, ohne Voranmeldung eine der Wohnungen zu sehen.

Der Mann mit der Schirmmütze kam hinunter und sagte: „Frau Dvořáková ist da, wenn Sie wollen, können Sie sie sprechen."

Warum nicht? Wenn sie will. Schneller, als ich dachte, bekam ich die Möglichkeit mein Geburtshaus zu besichtigen und zu sehen, was daraus geworden war. Ich ging die Treppen hinauf in den ersten Stock, der Mann mit der Schirmmütze ging vor mir. Eine der beiden Türen im Stock stand offen, von der Frau fehlte aber jede Spur. Wir blieben auf der Fußmatte stehen und sahen, wie die Frau von einem Raum in den anderen gelaufen ist und dabei die Lockenwickler herunterdreht hatte.

„Kommen Sie nur weiter", rief sie. „Pepíku, usedni pana v obejváku. Ja jsem hned tady."[2]

Der Mann, er konnte so um die fünfundsechzig sein, führte mich in das Wohnzimmer. „Pane... mein Herr, setzen Sie sich. Růženka... hm... Frau Dvořáková... wird gleich kommen."

Bei allem Haß, den ich für diese Leute empfunden hatte, war mir die Situation ein bißchen peinlich. Ich habe da eine wildfremde Frau überfallen und sie gab sich Mühe mich zu empfangen.

„Setzen Sie sich", deutete der Mann, der mich hierher geführt hatte, auf die abgewetzten Fauteuils. Wir sahen einan

2

„Peppi, führe den Herrn ins Wohnzimmer. Ich komme gleich."

der an und wußten nicht, worüber wir sprechen sollten. Er

gehörte zu der Sorte der Menschen an, mit denen sich die Konversation nach den Höflichkeitsfloskeln erschöpft. Unter anderen Umständen stört mich so etwas nicht, jetzt ging es mir auf die Nerven.

„Ich könnte auch ein andermal kommen", sagte ich. „Ich möchte niemanden in Verlegenheit bringen..."

Es war skurril. Ich wollte schon aufstehen und gehen, als die Frau kam. Sie war ein bißchen älter als der Mann, zumindest sah sie älter aus. Sie trug ein einfaches Schürzenkleid und Hauspantoffeln. Ihr Haar, frisch von den Lockenwicklern befreit, warf wilde Locken auf alle Seiten.

„Guten Tag", sagte sie mit einem böhmischen Akzent. „Entschuldigen Sie mein schlechtes Deutsch, aber ich bin nur in tschechische Schulen gegangen. Meine Tochter wird gleich kommen. Sie spricht besser Deutsch als ich." Mehr aus Verlegenheit, als aus Höflichkeit fragte sie: „Trinken Sie Kaffee oder Tee...?"

Růžena Dvořáková servierte den Kaffee auf feinstem Porzellan, wenn auch jede Tasse und Untertasse anders waren. „Der alte Kram ist noch von den Deutschen...," sagte sie und griff sich gleichzeitig schuldbewußt auf den Mund. „Verzeihen Sie... Sind Sie ein Deutscher? Wissen Sie, ich bin es gewöhnt, daß nur Deutsche hierher kommen, Sie wollen ihre Häuser sehen... jetzt, wo die Grenze offen ist, kommen sie in Scharen. Ich glaube es Ihnen, aber ich habe diese Wohnung ehrlich gemietet, ich kann es Ihnen beweisen... 1957 bin ich eingezogen oder war das 58... Ich weiß es nicht mehr so genau... Ich bin so durcheinander... Wo habe ich nur die Papiere? Der Magistrat hat mir die Wohnung angeboten... Und vor fünf Jahren hat der Vybiral... ich meine Herr Vybiral vom Erdgeschoß... das Haus gekauft... auch vom Magistrat... Er arbeitet in Deutschland, wissen Sie... er kann es sich leisten.

Jetzt zahle ich die Miete an ihn. Zehnmal so hoch ist sie geworden... Was glauben Sie, was das für ein Halsabschneider ist? Die Kommunisten waren harmlos im Vergleich zu ihm. Aber ich bitte Sie, sagen Sie es ihm nicht... Sonst wirft er mich noch raus."

Das Zimmer war mit zusammengesuchten Möbeln eingerichtet. Da standen Stücke aus Spanplatten neben beschädigten Stilmöbeln, ein gestickter röhrender Hirsch hing an der Wand neben einer Landschaft in Öl. Die Gastgeberin zupfte nervös an dem gehäkelten Deckchen auf dem Tisch, daß die Kaffeetassen zu wackeln begonnen haben..

Der Mann, den Frau Dvořáková Pepík genannt hatte, saß auf der Couch, schlürfte laut den Kaffee in sich hinein und sah uns an. „Sie waren aber noch sehr jung, als Sie..." er hüstelte. „Na ja, die Deutschen, die die Häuser anschauen kommen, sind meistens in unserem Alter. Oder noch älter. Nicht wahr, Růženka? Die Jüngeren interessiert die Geschichte nicht mehr..."

„Bei mir war noch keiner", sagte sie abwehrend. „Aber zu den Cajthamels kommen die Deutschen seit zehn Jahren. Immer in den Ferien. Ich sehe sie meistens im Garten. In Liegestühlen unter dem Sonnenschirm... Sie machen Urlaub bei ihnen. Jedes Jahr. Und bringen immer schöne Geschenke mit." Sie legte die Hand auf ihre Wange und flüsterte ehrfürchtig. „Zuletzt einen Mikrowellenherd. So ein Herd kostet bei uns ein Vermögen... was glauben Sie... Der alte Cajthamel ist ein gütiger Mensch... Er und seine Frau bedienen die Gäste von früh bis spät... Und so ein Mikrowellenherd... Ist das viel, wenn sie zwei Wochen da sind?"

Sie holte tief Luft und fing von neuem auf: „Jetzt, wo die Grenze offen ist, fahren auch die jungen Cajthamels nach Regensburg. Wegen der Gerechtigkeit und so... Wissen Sie, der Deutsche, ich glaube, er heißt Gattermann oder... Gutmann oder so ähnlich... er hat für den Sohn von den Cajthamels... für den Toník Arbeit gefunden... 20 Mark verdient der Junge in der Stunde... ein schönes Geld... Das, was er in Deutschland in einer Woche verdient, verdient er hier nicht einmal in einem Monat."

Aus dem Vorzimmer hörten wir ein Aufsperren der Tür, gleich danach erschien im Türrahmen eine mollige Frau um die vierzig mit einer ausgewaschenen, blondierten Dauerwelle. Noch bevor wir einander begrüßen konnten, sprang Růženka auf, nahm die Frau beim Ellenbogen und stellte sie mir vor: „Das ist meine Tochter Jarka."

Wir reichten einander die Hände.

„Brisco", sagte ich.

„Das ist ein Herr aus Österreich. Er wollte das Haus von Innen sehen", sagte Růženka.

Jarka übergab ihrer Mutter zwei Einkaufstaschen und sagte: „Mámo, přinesla jsem ti nákup."[3]

Dvořáková trug den Einkauf zusammen mit ihrer Tochter in die Küche und kam sofort zurück. „Meine Jarka ist ein Goldstück", sagte sie. „Was würde ich nur ohne sie tun? Und dabei hat nicht viel gefehlt und sie wäre auch in Deutschland geblieben."

„Mámo, prosím tě..."[4] rief Jarka aus der Küche, wo sie laut mit dem Geschirr klapperte.

[3] „Mutter, hier ist dein Einkauf."

[4] „Mutter, ich bitte dich..."

„Was wahr ist, ist wahr“, sagte eifrig Dvořáková. „Meine Jarka ist ein patentes Mädel. Nicht wahr, Pepíku?“

Pepík nickte, wie sie es von ihm erwartete und schenkte sich noch eine Tasse ein. „Sie war schon überall, nicht nur in Deutschland, sondern auch in Italien, Spanien und was weiß ich wo. Mit dem Albert. Er hat in der Zeitung inseriert, daß er eine brave tschechische Frau sucht... viele haben sich gemeldet, aber er hat meine Jarka ausgewählt. Daß er nicht ganz jung war, hat uns nicht gestört. Die dreißig Jahre Unterschied spielen in dem Alter keine große Rolle. Hauptsache, er war gütig und großzügig. Er hat sie von hier mit einem Mercedes abgeholt“, flüsterte sie. „Und dann sind sie durch die ganze Welt gefahren... Ich glaube, es gibt kein Land, wo sie nicht waren. Und nach einem halben Jahr sind sie zu ihm nach Hause gekommen. Es war in der Nähe von Passau. Ich sag's Ihnen, es war ein riesengroßes Haus mit einem noch größeren Garten, zwei Pferde hat er gehabt, der Berti und drei Hunde und einen Karpfenteich. Ich habe ihn auch gern gehabt, den Berti... Na ja, das Anwesen war recht verwahrlost, es war schon lange niemand da, nur der Nachbar hat sich um die Tiere gekümmert... Mit einem Wort, der Albert wollte, daß meine Jarka ihm den Haushalt führt. Und massieren mußte sie ihn jeden Tag und kochen, waschen und putzen... Na, der hat sich das aber sauber ausgedacht, der Berti! Eine Haushälterin umsonst! Das machen manche. Sie kommen hierher, machen den Mädchen schöne Augen und dann, wenn sie anbeißen, machen sie gewöhnliche Putzfrauen aus ihnen. Aber meine Jarka läßt sich nicht ausnützen. Sie hat in ihrem Leben schon genug gearbeitet. Und wenn sie ein Deutscher will, soll er sich gefälligst eine Bedienerin dazu nehmen. Wenn ein Westler, dann ein vermögender. Nicht wahr, Jarka?“ rief Dvořáková in die Küche.

Jarka hat offensichtlich aufgegeben, die Mutter in ihrem Redefluß zu unterbrechen und meldete sich nicht. „Sie ist so schüchtern", sagte Růženka.

Das hat mir gerade noch gefehlt! Ein geschwätziges Weib mit Privatgeschichten. „Ich möchte Sie nicht länger aufhalten", sagte ich so höflich, wie es nur ging und sah dabei auf die Uhr. „Ich wollte nur..."

„Haben Sie hier einmal gewohnt?" fragte der Mann mit der Schirmmütze. „Sicher haben Sie hier gewohnt... ansonsten wären Sie nicht da..."

„Das waren Deutsche, die hier gewohnt haben," sprang ihm Dvořáková ins Wort. „Sudetendeutsche... Die Leute sagen, daß es ein Zahnarzt war, der hier gewohnt hat... Sind Sie mit ihm irgendwie verwandt?"

3.

Bei meinem nächsten Besuch in Eger mietete ich im Hotel Hvìzda am oberen Ende des Hauptplatzes ein bescheidenes Zimmer. Das Badezimmer, zu dem ich Schlüssel hatte und das auch weitere acht Hotelbewohner benützen durften, befand sich hinter drei Ecken verborgen am Endes des Flurs, die einzige Herrentoilette im Stock war gleich bei der Treppe. Das Badezimmer und die Toilette waren fast immer besetzt. Vor allem dann, wenn die Lustschreie und das Stöhnen in einem der Nebenzimmer aufgehört haben.

„Das Auto können Sie hinter dem Hotel einparken", sagte die Dame an der Rezeption, „aber wenn Sie keine Wegfahrsperre oder ein Lenkradschloß haben, würde ich Ihnen unbedingt unseren bewachten Parkplatz empfehlen. Es ist sicherer."

Nach dem Fall des Eisernen Vorhangs kamen viele der ehemaligen Bewohner des Sudetenlandes ihre alten Häuser besichtigen um ihre Vergangenheit auzuarbeiten. Ich hatte von Tränen der Rührung und des Zorns, von Bedauern und Unverständnis, von Annäherung und Ablehnung gehört. Aber als ich Růženka Dvořáková gegenüber gesessen war, empfand ich nichts. Auf einmal war es mir gleichgültig, daß sie hier gewohnt hat. Ich hatte plötzlich das Gefühl, daß dieses Haus mit mir nichts zu tun hatte. Es war mir fremd. Ein Gefühl der Heimat war bei mir an diesem Ort nicht vorhanden.

Ich ging ins *Fortuna* und wollte etwas essen. Außer drei Kellnern, die an der Theke lehnten und plauderten, war niemand im Lokal. Ich setzte mich und sah zu den drei, die mich hartnäckig ignorierten.

„Herr Ober", rief ich nach einigen Minuten.

Endlich setzte sich einer von den Kellnern in Bewegung, unterwegs nahm er noch eine Speisekarte mit und knallte sie mir vor die Nase. „Das Gulasch und der Schweinsbraten sind aus", sagte er gelangweilt und sah zu den anderen zwei.

Ich nahm die Speisekarte in die Hand und begann zu blättern. Dann überlegte ich es mir und reichte ihm die Karte. „Danke, ich gehe lieber", sagte ich und stand auf.

Der Kellner sah mich verständnislos an. Noch bevor ich den Ausgang erreicht habe, hörte ich ihn schimpfen. „Skopčák!"[5], zischte er zwischen den Zähnen. Die anderen zwei lachten. Ohne mich umzudrehen trat ich ins Freie.

Auf dem Hauptplatz hatte sich eine große Menge Menschen versammelt. Sie schrien irgendwelche Parolen, die ich zu

[5] Schimpfwort für Deutsche – ähnlich wie „Piefke".

nächst nicht verstand. Ich ging näher und beobachtete, was da vor sich ging.

„Vyžeòte Nemce“, stand auf einem der Transparente, das ich im Blickfeld hatte und das so viel wie „Vertreibt die Deutschen“ hieß. Die Nachkriegsvertreibung der Sudetendeutschen lag fünfzig Jahre zurück und die Tschechen riefen wieder „Vertreibt die Deutschen“. Ich war fassungslos. Was geht da vor sich? fragte ich mich. Warum wollen die Tschechen die Deutschen wieder nicht haben? Was haben sie ihnen angetan?

Fernsehanstalten mehrerer europäischen Länder übertrugen die Demonstration, die Menschenmenge schrie: „Weg mit den Deutschen, weg mit den Markfaschisten, weg mit den Fickern unserer Frauen.“

Mit allem hätte ich gerechnet, nur mit so etwas nicht. Waren es nicht die Tschechen, die sich an allem Westlichen orientieren wollten? Waren es nicht sie, die uns um Wirtschaftshilfe gebeten haben? Erst vor einiger Zeit las ich von den Bemühungen der Politiker auf beiden Seiten um eine Versöhnung und jetzt das. In Deutschland wurden Asylantenheime angezündet um die Reinheit der Deutschen Rasse nicht zu gefährden, in Österreich lief das Ausländervolksbegehren, in Tschechien demonstrierten die Menschen gegen die deutsche Übermacht in ihrem Land.

„Deutschland ist sowohl unsere Inspiration, als auch unser Leid“, sagte Präsident Václav Havel in seiner Ansprache an der Prager Karlsuniversität. „Und sollten wir uns als Tschechen zu unserem Anteil der Verantwortung fürs Ende des tschechisch-deutschen Zusammenlebens in den tschechischen Ländern bekennen, müssen wir im Interesse der Wahrheit sagen, daß wir uns zwar vom tückischen Virus des ethnischen Begriffs für Schuld und Sühne anstecken ließen, aber diesen Virus keineswegs - zumindest nicht in seiner modernen Form - in unser Land eingeschleppt hatten. Vielleicht liegen die Tage nahe, an denen sowohl Tschechen, als auch Deutsche, sich in einem offenem Raum der Europäischen Gemeinschaft befindend, ohne Behinderung irgendwo auf ihrem Territorium niederlassen und sich am Aufbau des auf diese Weise frei erwählten Heimatlandes beteiligen werden."

Einige Tage danach protestierte die Sudetendeutsche Landsmannschaft in Österreich gegen diese Rede. „Die Ansprache des Präsidenten der Tschechischen Republik, *Die Tschechen und die Deutschen auf dem Weg zur guten Nachbarschaft,* ist kontraproduktiv. Die Sudetendeutschen in Österreich protestieren gegen die Vereinfachungen Václav Havels, die nicht dazu geeignet sind, offene Fragen in einem für alle Beteiligten akzeptablen Klima zu klären. Seine populistischen Aussagen haben ihn innenpolitisch sicher gestärkt, in seiner bisherigen Position als wahrheits- und gerechtigkeitssuchender Intellektueller hat er sich damit jedoch disqualifiziert."

4.

Ich spazierte durch die Stadt und überlegte, wie ich den Abend verbringen sollte, als ich beim Landestheater vorbeiging. Auf großen Plakaten war angekündigt, daß hier in einer Woche die Premiere eines österreichischen Theaterstückes mit sudetendeutscher Problematik stattfinden wird. Schade, dachte ich. Nächste Woche kann ich nicht nach Eger kommen. Erst dann sah ich ein Plakat an der Eingangstür: „Rakouský vecìr", stand darauf. „Setkání s režiserem a autorkou naší nove hry." Wie alles im Egerland, war auch dieses Plakat zweisprachig: „Ein österreichischer Abend. Eine Begegnung mit dem Regisseur und mit der Autorin unseres neuen Theaterstückes."

Als ich den Theatersaal betrat, hatte die Diskussion schon begonnen. Am Wort war ein weißhaariger Mann aus dem Publikum, der deutsch sprach: „Warum können wir nicht unsere Häuser zurückbekommen? Oder sie zumindest kaufen?“

In den Reihen raunte es. „Wir haben sie auch gekauft!“ schrie jemand auf Tschechisch. „Und wohin sollen wir ziehen? Nach Deutschland... oder... Wollen Sie uns jetzt vertreiben?“

Die Diskussionsteilnehmer waren sehr aufgeregt. Auf der Bühne saßen die Schauspieler mit dem Theaterdirektor, die Autorin des Stückes und der Regisseur. Eine der tschechischen Schauspielerinnen meldete sich zur Wort. Sie zeigte auf mich: „Ich kenne Sie“, sagte sie anklagend.

„Mich?“ fragte ich.

„Ja, Sie. Sie stehen ziemlich oft auf dem Hauptplatz. Immer, wenn ich das Fenster aufmache, sehe ich sie.“

„Ich sehe mir mein Haus an“, sagte ich bestimmt. „Was haben Sie dagegen? Das Haus hat mir mein Vater vererbt und ihm sein Vater. Und jetzt darf ich es mir nicht einmal anschauen?“

Die anwesenden Deutschen klatschten.

„Ich habe nichts dagegen, wenn Sie dort stehen“, sagte die Schauspielerin, „...nur, ich habe Angst, daß Sie mir eines Tages die Wohnung wegnehmen. Ich habe sie mir gekauft, zwei Zimmer, Küche... kein Luxus, nur das Notwendigste. Fünfzehn Jahre habe ich dafür gespart und neben der Schauspielerei auch einen Würstelstand betrieben... und jetzt, wo ich endlich anständig wohne, wollen Sie mir sagen, daß es nicht meine Wohnung ist? Ich habe mit der Vertreibung nichts zu tun. Ich stamme aus Brünn, bin erst siebenunddreißig und liebe mein Land. Ich gebe es nicht auf.“

„Das ist alles schön und gut“, sagte ich. „Aber mich gibt es auch noch. Wie wollen Sie mir erklären, daß Sie auf das Haus einen größeren Anspruch haben als ich?“

„Unsere Rückkehr ins Sudetenland ist unsere Rache!“, schrie jemand auf Deutsch. „Wir sind wieder da, wir lassen uns nicht verdrängen.“

Die Tschechen murrten. Sie fühlten sich angegriffen. Die meisten von ihnen wohnten in den Häusern von vertriebenen Sudetendeutschen, die in der Regel in mehrere Wohnungen unterteilt waren, die der Magistrat später an die tschechische Bevölkerung entweder verkauft oder vermietet hatte.

„Eger gehört uns! Die Deutschen sind hier nur Touristen und sonst nichts!“

„Ihr habt uns den Krieg angezettelt und jetzt spielt ihr auf unschuldig!“

„Damals wolltet ihr zurück ins Reich. Jetzt seid ihr dort und es gefällt euch wieder nicht. Was wollt ihr eigentlich von uns?“

„Nur das, was uns gehört“, meldete sich aus den hinteren Reihen eine deutsche Stimme. „Die Gerechtigkeit.“

Das Durchschnittsalter der Diskutierenden lag bei etwa 45 Jahren. Es waren Menschen, die die Vertreibung nicht erlebt und nicht verursacht hatten. Zu einem Gespräch über die österreichische Kultur und Gesellschaft, wie es auf dem Plakat angekündigt war, ist es gar nicht gekommen. Der Abend wurde für gegenseitige Angriffe benützt, für die Verteidigung eigener, wenn auch oft verhärteter Standpunkte. Beide Seiten signalisierten die Unverrückbarkeit der Ansichten.

Am nächsten Tag las ich in der Zeitung: „Die Hälfte der tschechischen Bürger sieht die Vertreibung der Sudetendeutschen als berechtigt an, 25% als eher berechtigt, 6% als eher unberechtigt, 1% als total unberechtigt, 13% der Befragten wollten sich zum Problem nicht äußern. Meistens wird die Meinung vertreten, daß es den Sudetendeutschen vorrangig um eine finanzielle Entschädigung geht, weniger um die moralische Satisfaktion und noch weniger um die Rückkehrmöglichkeit."

5.

Die Landschaft, in der Eger steht, ist wellig. Die Stadt ist mit Kopfsteinpflaster ausgelegt, auf dem die Schuhe so herrlich klappern, als ob sie sich noch an die Hufe der Pferde erinnerten. Stein neben Stein, in Reihen und Bögen gelegt, jede Welle mitmachend, die die Natur der Stadt aufzwingt. Gotik wechselt sich mit romanischen Bauten ab, prächtige barocke Fassaden mit Fachwerk. Steile Dächer mit vielen eingebauten Gaupen, rot bedeckt, dominieren das Stadtbild, die Rauchfänge sind wie Zeigefinger gegen den Himmel erhoben, als versuchten sie zu warnen.

„Zapletalovo pékarštví", Zapletals Laden in der oberen Hälfte des Hauptplatzes ist ein beliebter Treffpunkt für alt und jung. Es ist nicht nur eine Bäckerei, sondern auch Konditorei, Kaffeehaus und Eissalon. Ich frühstückte hier lieber als im Hotel. Das Gebäck war knuspriger, der Kaffee besser und auch die Luft ließ sich hier leichter atmen, als die in dem verrauchten Hotelrestaurant.
Ich saß am Tisch, trank meinen Kaffee langsam und bedächtig und rauchte dazu die übliche Zigarette. Ich überlegte, was ich an dem Tag unternehmen solle. Der Morgen war hell und

sonnig, vielleicht sollte ich einen Ausflug an den Stausee machen oder doch lieber nach Karlsbad oder Mariensbad fahren...? Die Gegend bot viele Möglichkeiten.

Der Kaffee war zu stark. Meine Gastritis meldete sich zu Wort. Ich schluckte zwei Tabletten und entschied mich, trotz der Schmerzen in der Magengegend, die nach rechts ausstrahlten und wahrscheinlich auch etwas mit der Galle zu tun gehabt haben, mein Frühstück mit einer Nußkaramellschnitte zu krönen. Nach jedem Frühstück genehmigte ich mir eine solche Schnitte. Sie war imstande einen Tag unheimlich zum Positiven zu verändern - das Süße und das Leichte wog das Schwere und Bittere auf, das mir hier begegnete.

Die Kellnerin war nicht in Sicht. Vor der Theke im Bäckereiteil hatte sich eine kleine Schlange gebildet. Ich dachte, daß sie vielleicht dort sei um ihrer Kollegin zu helfen und ging hinüber. Unterwegs sah ich in der Vitrine üppig verzierte Torten in der Form eines Buches oder einer Weltkugel, riesige und schwere Torten, vielleicht aber waren es nur Attrappen, die als Muster für Bestellungen dienten.

Ich wartete auf die Kellnerin und stand abseits der Schlange vor dem Verkaufspult, als ich einen merkwürdigen Satz gehört hatte: „Bitte alles einpacken."

„Wie bitte?" fragte die Verkäuferin.

„Laden Sie mir die gesamte Ware in den Lieferwagen ein", sagte die Frau mit Nachdruck, während sie die Verkäuferin ungläubig ansah.

In diesem Moment kam die Kellnerin von hinten, sie erkannte die Kundin und sagte: „Frau Sauer, haben Sie die Kisten vom letzten Mal mitgebracht?"

„Ja, natürlich, sie sind im Auto. Bitte, beeilen Sie sich, ich habe nicht viel Zeit."

„Was ist da vorne los?" fragte eine junge Mutter, an deren Rockzipfel zwei Kleinkinder quengelten.

„Die Ware ist aus", sagte die Kellnerin resolut. „Honzo, potrìbuji tì!"[6] rief sie nach hinten.

Aus dem Lagerraum kam ein kräftiger, rotwangiger Mann in einer weißen Latzhose, schlichtete das gesamte Brot und Gebäck in die Kisten und trug es in den Lieferwagen der Frau, die soeben die gesamte Ware gekauft hatte. Die Verkäuferin und die Kellnerin halfen ihm dabei.

„Was soll das?" rief die aufgebrachte Mutter. „Lassen Sie mir zumindest zwei Semmeln für die Kinder!"

„Wer zuerst kommt, mahlt zuerst", sagte die Verkäuferin trocken. „Die Ware ist verkauft. Wir schließen. Versuchen Sie es in einem anderen Geschäft."

„Diese Scheiß-Deutsche", rutschte es einem Mann in der wartenden Reihe aus. Sie kommt regelmäßig, jeden zweiten Tag. In Schirndig, gleich nach der Grenze, hat sie eine Bäkkerei. Es ist für sie günstiger hier alles einzukaufen, als selber zu backen. Und in Deutschland verkauft sie unser Brot für teure Mark. Und wir haben nichts zu fressen!"

„Das machen sie überall so, auch beim Fleischhauer war unlängst einer, der die ganze Wurst mitgenommen hat."

„Und in den Restaurants stopfen sie sich so viel rein, bis sie beinah platzen. Zwei Schnitzeln, zwei Gulasch und obendrein

6 „Hans, ich brauche dich!"

würgen sie noch Schokoladepalatschinken mit Nüssen und Schlagobers darauf. Nur weil es so schön billig ist."

„Waren Sie in der letzten Zeit beim Friseur? Lauter *Skopèáks*[7] sitzen dort. Unsereiner kommt nie dran!"

Auf einmal verging mir der Appetit auf die Nußkaramellschnitte. Nicht hier und nicht jetzt. Nicht mit einem galligen Gefühl im Mund. Die deutsche *Unternehmerin* war mir zu viel. Ich stand auf und wollte gehen. Plötzlich hörte ich etwas wie rollende Steine und dann einen lauten Knall. Von einem der Häuser war vom Dach ein morscher Rauchfang auf ein parkendes Auto gestürzt. Einige Zentner Schutt und Ziegeln. Das Auto war vollkommen demoliert, doch zum Glück war niemandem etwas passiert. Ich begriff, daß ich nur einige Sekunden vom Tod entfernt war. Keiner achtete auf mich. Die Schar der Schaulustigen löste sich bald auf, weil Ereignisse wie dieses, hier nichts Besonderes waren.

Vor der Bäckerei sah ich noch die junge Mutter wie sie gerade ihren beiden weinenden Kindern erklärte, daß sie nichts für sie zu essen hatte. Sie setzte sie beide in den Kinderwagen, den sie quer über den gepflasterten Hauptplatz schob. Das Geschrei der Kinder hallte durch die ganze Stadt.

6.

Auf der Fahrt zurück nach Österreich dachte ich nach und plötzlich war ich mir nicht ganz sicher, ob ich das, was ich in Eger vorgefunden hatte, meine Vergangenheit nennen durfte. Deshalb stellte sich auch nicht die Frage nach der Bewältigung. Ich befand mich wieder dort, wo ich am Anfang meiner Reise war und spürte trotzdem, daß etwas Wichtiges passiert war. Und das ging tiefer als mein Haß und meine Abneigung.

[7] Piefkes

Der Böhmerwald war stellenweise abgeholzt. Die geschnittenen Baumstämme lagen gestapelt auf Stößen entlang der Straße und warteten darauf, verheizt zu werden. Der Borkenkäfer und der saure Regen hatten ihre Schuldigkeit getan. Die überlebenden Fichten, als ob sie den Autofahrern ihr Leid klagen würden, ließen ihre nackten Äste nach unten hängen und weinten Nadeln.

Auf einer Tafel am Straßenrand saß ein Habicht. Konzentriert und geduldig. Bewegungslos beobachtete er die Fahrbahn und wartete auf eine baldige Mahlzeit. Früher oder später wird ein Haase oder ein Wiesel überfahren, der Greifvogel braucht ihn nur von der Fahrbahn zu heben und verzehren. Der Habicht ist zum Aßfresser geworden. Die Natur lebte. Noch.

Ich bringe nur deswegen niemanden um, weil ich kein Blut sehen kann. Mein Haß ist nicht vergangen. Er hat sich gewandelt. Ich werde nie mehr nach Eger fahren, entschied ich, schon allein deswegen, weil ich mit manchen *Touristen* nicht verglichen werden will.

Es war Sonntag abend, tausende Autos rasten auf der Autobahn in Richtung Wien, ich irgendwo dazwischen. Mit 140 Stundenkilometern näherte ich mich dem Ort, den ich Heimat nannte. Das war die eigentliche Erkenntnis dieser Tage. Das Wort Heimat. Seine Bedeutung und ein Gefühl. Nicht der Geburtsort bestimmt das Gefühl, sondern das Gefühl überlistet die Geographie. Ich war erleichtert.

ILDIKÓ
oder
Losgelöst

1.

„Sie dürfen auf gar keinen Fall zu ihm", sagte die Schwester und band die Schleife ihrer weißen Schürze zurecht. „Sein Zustand ist kritisch, er schwebt immer noch in Lebensgefahr." Sie zupfte an ihrer Schürze und betrachtete ihr Spiegelbild im offenen Gangfenster. „Außerdem hat es der Primarius verboten", betonte sie noch einmal und eilte zum Aufzug. Auf Knopfdruck leuchtete ein rotes Lämpchen auf, ich wußte, ich hatte nur einige Sekunden, um sie von der Dringlichkeit meines Besuches zu überzeugen.

„Wie schwer sind die Verletzungen?" fragte ich und sah ihn vor mir von Kopf bis Fuß im Gips, schwach nach mir winkend, angeschlossen an verschiedene Schläuche.

Sie öffnete die Tür des Lifts. Ich hielt ihr die Tür auf und fragte: „Wird er überleben?"

Sie sah mich ohne jegliche Emotion an. Ich kenne einen solchen Gesichtsausdruck aus eigener Erfahrung. Jeder, der mit Sterbenden zu tun hat, muß sich vor zu viel Gefühl mit einer Mauer aus Sachlichkeit schützen, die ihm hilft, an der eigenen Hilflosigkeit nicht zu zerbrechen. „Vielleicht", sagte sie und bestieg den Aufzug. „Hoffen wir es."

Die Tür fiel hinter ihr zu. Ich sah nur noch ein schwaches Licht im kleinen Türfenster, das sich nach unten bewegte, dann blieb ich in dem schmuddeligen Gang im vierten Stock allein. Langsam bewegte ich mich wieder zu der Tür mit der Aufschrift „Intenziv osztály", holte tief Atem und klopfte an. Nichts tat sich hinter der zweiflügeligen Tür. Ich klopfte noch einmal und dann noch einmal. Stille. Vorsichtig drückte ich auf die Klinke des rechten Flügels, das Schloß gab nach. Im Spalt der Öffnung sah ich einen Gang, aus dem vier Türen führten. Die hinteren zwei standen offen.

Hinten rannte eine junge Krankenschwester im hellgrünen Hosenanzug von links nach rechts, auf halbem Weg erblickte sie mich, blieb kurz stehen, dann ging sie mir entgegen. „Auf die Intensivstation dürfen Sie nicht“, sagte sie freundlicher, als ihre Kollegin von vorhin.

Auch auf solche Situationen war ich vorbereitet.

„Geben Sie dem Personal ein großes Trinkgeld“, sagte mir vor der Abreise eine Landsmännin aus meiner Abteilung. „Natürlich Schillinge, keine Forints. Wir Ungarn lieben Schillinge. Und dann fragen Sie nach der Oberschwester Szatmáry.“

Ich zog die vorbereiteten Scheine aus der Tasche und steckte sie der Frau mit langen offenen Haaren in die Brusttasche ihrer Bluse, weil ich keine andere Tasche auf ihrer Kleidung sah. Die Berührung ihres Busens, sie trug keinen Büstenhalter, war ungewöhnlich. Noch nie hatte ich einen anderen Busen berührt, als meinen eigenen. Ihrer war jünger und fester als meiner. Irgendwie regte es mich auf.

Sie zog das Geld aus der Tasche, sah es an, und bevor sie es wieder einsteckte, fragte sie: „Sind Sie aus Österreich?“

Als ich nickte, griff sie nach meiner Hand und zog mich durch die vordere linke Tür in die Spüle, schloß sie hinter uns zu und sagte geheimnisvoll: „Seit er aufgewacht ist, spricht er nur in Deutsch und fragt nach dem Burgtheater. Hat es etwas mit Ihnen zu tun?“

Und ob!

Vor etwas mehr als einer Woche wollten wir uns in Wien in dem Park zwischen dem Burgtheater und dem Rathaus treffen. Ich wartete geschlagene zwei Stunden, fluchte über die überfüllten Grenzen und wollte es nicht wahrhaben, daß er mich wieder im Stich gelassen hatte.

Es war Freitag, das ganze Wochenende hob in seiner Wohnung keiner ab. Er war sicher über das Wochenende weggefahren und mich hatte er vergessen. Es ärgerte mich. Ich beschloß ihn nicht mehr anzurufen und zu warten, bis er selbst darauf kam, daß er einen Termin mit mir versäumt hatte. Er rief aber nicht an. Nicht am Montag, nicht am Dienstag... Ich quälte mich die ganze Woche, blieb aber standhaft. Mein Stolz erlaubte es mir nicht nach ihm zu suchen. Doch am nächsten Montag hielt ich es nicht mehr aus und rief bei ihm im Büro an. Erst dann erfuhr ich von dem schrecklichen Unfall, der schon zehn Tage zurück lag.

„Fahr nicht zu ihm“, sagte István am Telefon. „Es hat keinen Zweck.“

„Wieso nicht? Wieso soll es keinen Zweck haben?“

„Er ist in einem schlimmen Zustand... und bleibt wahrscheinlich behindert... der Kopf...“

„Nein, das kann nicht stimmen... sein Kopf ist in Ordnung...“

„Hör mir zu, er war acht Tage bewußtlos... Und auch jetzt ist er nicht ganz bei sich.“

„Und wenn schon. Er wird es sicher spüren, daß ich da bin... Vielleicht braucht er mich.“

„Und als du ihn gebraucht hast, war er da?“

István hatte gut reden. Natürlich war Árpád nicht da gewesen, als ich ihn gebraucht hatte. Aber in diesem Moment war es nicht mehr wichtig. Wenn es um Leben und Tod geht, verjähren solche Erfahrungen schneller. Árpád lag im Krankenhaus, verletzt, bewußtlos... vielleicht wacht er nie mehr auf...

„Kommen Sie um drei“, sagte die Langhaarige, auf deren Namensschild „Schwester Ilona“ stand und schubste mich sanft aus der Intensivstation. „Jetzt muß ich Therapien machen. Sie können es sich nicht vorstellen, was ich mit den vier da“, sie deutete mit dem Kopf zu der rechten hinteren Tür, „durchmache“.

„Und Oberschwester Szatmáry...“

Ich wollte die Zusage noch untermauern, doch Ilona schob mich sanft in den Gang mit den Aufzügen, sperrte die Tür der Intensivstation von Innen zu und sagte noch einmal durch die Glastür: „Um drei dürfen Sie ihn sehen. Früher nicht.“

Die vier Stockwerke des Landeskrankenhauses ging ich zu Fuß hinunter. Ich zählte die Treppen nicht, stieg ganz nach unten, so lange es ging, fand mich auf einmal im Keller wieder und stieg wieder mechanisch hinauf, um das Erdgeschoß zu erreichen. Im Büfett in der Eingangshalle trank ich einen Espresso. Er schmeckte bitter und war noch dazu lauwarm. Ich ließ die halbvolle Tasse auf dem Tisch stehen, dann ging ich langsam hinaus. Unfähig, zurück in die Stadt zu fahren, spazierte ich rund um das Gebäude. Auf der Hinterseite war es ruhiger als auf der Straße. Ich fand dort eine Wiese und überlegte nicht lange, legte mich auf den Rücken ins Gras, versuchte, so gut es ging zu entspannen und wartete.

Vor meinen Augen streckte sich ein graues Ungetüm aus Glas und Beton gegen den Himmel. Mit seinen Fühlern berührte es die zarten Schäfchenwolken, die auf dem strahlend blauen Hintergrund weideten. Ich vertrieb mir die Zeit damit, daß ich in den bewegten Wolkenformationen Bilder suchte, die der kaum spürbare Wind langsam davontrug.

Das Gras unter mir war trocken. Es war Mitte September, die Mittagssonne strahlte mit der letzten Kraft des Sommers, ein müder Marienkäfer kroch auf meiner Hand. Ich berührte ihn leicht mit meinem rechten Zeigefinger, er stellte sich tot, und auch als ich die Hand auf und ab bewegte, rührte er sich nicht. Er wollte nicht fliegen. Vorsichtig legte ich ihn auf ein rötlich schimmerndes Löwenzahnblatt und beobachtete ihn. Wie ein schüchternes Kind, das sich hinter dem Rock der Mutter versteckt, zog er seinen verletzbaren Körper unter die gepunkteten Flügel und wartete, was geschehen würde. Nichts geschah. Irgendwann schlief ich von der Anspannung ein, und als ich wieder aufwachte, war er fort.

Um Punkt drei stand ich vor der Tür der Intensivstation. In der Hand hielt ich eine rosa Nelke, die ich bei einer Blumenverkäuferin vor dem Krankenhauseingang gekauft hatte und zitterte vor Aufregung. Ich klopfte an. Diesmal ging die Tür sofort auf, es war aber nicht Ilona, sondern eine andere junge Krankenschwester, die mir aufmachte. Auch sie hatte langes, offenes Haar. Sie ging schwungvoll in das Schwesternzimmer, es war hinten links, und brachte mir einen grünen Operationsmantel, den sie mir mit den Ärmeln nach vorne aufhielt. Ich schlüpfte in den Mantel, sie machte nur die oberste Schlaufe auf meinem Rücken zu und nahm mir die Handtasche und die Nelke ab.

„Bitte, keine Blumen“, sagte sie. „Und bleiben Sie nicht lange, er muß sich schonen.“

Die rechte hintere Tür stand offen. Leise betrat ich den Raum. Durch die gläserne Fensterfront schien die Nachmittagssonne, ihr warmes Licht überflutete das Krankenzimmer. Das Zirpen der Monitore und das Aufblasen und Ausblasen der Beatmungsmaschinen war sehr laut.

Árpád, er hatte sich einen Bart wachsen lassen, lag auf dem hinteren Bett gleich beim Fenster. Sein rechtes Bein hielt er angewinkelt aus der Decke heraus. Mit der Hand winkte er mir zu:

„Ah, ein besonderer Besuch!"

Ich sah keinen Gips und keinen Verband und atmete erleichtert auf. Vorsichtig küßte ich ihn auf die Wange, erst jetzt fiel mir auf, daß sein Haar und Bart mit vielen weißen Fäden durchzogen waren. Auf der Stirn waren ein paar Schrammen, auf dem rechten Nasenflügel einige fast verheilte Nähte.

„Wie geht es dir?" fragte ich und streichelte seinen Arm, dann seine Schulter, in der eine Infusionsnadel steckte.

Ich führte die Hand unter der Bettdecke weiter und tastete einen Panzer aus Gips. Die linke Hand war mit dem Brustkorb zu einer Einheit verbunden worden, aus der irgendwo auf dem Bauch bläuliche, kalte Finger herausragten. Sie sahen mehr tot als lebendig aus.

Abgesehen von der Begrüßung, wandte er sich mir kaum zu. Er lebte in seiner eigenen Welt. Árpád sprach von den letzten Wahlen, von der wirtschaftlichen Prosperität des Landes, fragte mich, ob ich das Burgtheater in Wien kenne, erzählte von einer Wiese mit einem Hügel in der Mitte.

„Auf der Wiese wächst nur Gras und Klatschmohn", sagte er. „Knallroter Klatschmohn. Die zarten Blütenblätter... Ildikó, kennst du die Blütenblätter? Sie sind so fein und verletzlich...beinah wie du."

Seine Augen waren offen, er sah mich aber nicht. Wahrscheinlich war ich auch nur ein Teil seines Traums.

„Auf diesem Hügel wächst ein Baum mit einer mächtigen Krone", erzählte er weiter. „Es ist eine Linde. Ich mag Linden, du weißt es doch. Diese Linde ist ganz wichtig für mich. So stark, wie sie ist. Unsere Regierung soll auch so stark sein, die Herren sollen hinfahren und sich die Linde anschauen... dieses Land braucht eine starke Führung."

Sein Blick verdunkelte sich plötzlich, er begann an der Infusionsnadel zu reißen und versuchte aufzustehen. Die Bettdecke rutschte dabei zu Boden. Erst jetzt bemerkte ich, daß sein linkes Bein in einer Schiene lag. Je eine große Operationsnarbe verunstaltete die Hüfte und das Knie. Ich hob die Decke vom Boden auf und deckte Árpáds, bis auf die Verbände, nackten Körper zu.

„Heute hat mich meine Mutter besucht", sagte er. „Es war schön, sie nach so langer Zeit wiederzusehen. Du erinnerst dich doch an sie... nicht wahr?"

Ja, ich erinnerte mich an Margit sehr gut. Wie konnte ich sie jemals vergessen? Ihre erdrückende Liebe zu Árpád... Auch jetzt, über ihren Tod hinaus... Wie oft habe ich sie damals verflucht, wie oft habe ich ihr den Tod gewünscht dafür, daß sie sich in unsere Ehe mit ihren nie endenden Ratschlägen immer wieder eingemischt hat. Heute sehe ich es anders. Auch wenn es zu spät ist, tut es mir leid, daß ich Árpáds und meine eigene Unfähigkeit eine tragfähige Beziehung zu führen, nur ihr allein zugeschrieben habe.

„Die Mama hat gesagt, daß es ihr gut geht“, flüsterte er. Es tut ihr nichts mehr weh. Das ist gut so. Es tut ihr nichts mehr weh. Verstehst du? Und sie hat auch nach dir gefragt... Sie hat dich gern, hat sie gesagt. Hast du sie auch gern? Ildikó, sag, daß du sie auch gern hast.“

„Sie sollten gehen“, sagte die Schwester und hob dabei unsanft Árpáds Oberkörper.

Sie schüttelte den Polster auf und spannte, so gut es ging, das Leintuch unter ihm, wobei sie ihn unsanft durchrüttelte. Arpád stöhnte vor Schmerzen. Ich umarmte ihn und versuchte die Stöße, die ihm die Krankenschwester verpaßte, auf mich zu nehmen. Er begann erneut zu politisieren und sprach etwas von Polen und von der Prosperität des Landes, dann lobte er die Schulen, die er als Kind besucht hatte, sprach wie ein Kind zu seiner Mutter, zum Schluß hörte ich ihn wieder von der Mohnwiese mit dem mächtigen Baum reden.

„Darf ich morgen wieder kommen?“ fragte ich.

„Sind Sie seine Schwester?“ antwortete sie mit einer Gegenfrage.

„Ich bin seine Frau“, sagte ich.

Sie sah mich überrascht an, dann schüttelte sie den Kopf: „Aber er hat schon eine Frau. Sie kommt jeden Tag hierher.“

„Ich war seine Frau“, verbesserte ich mich. „Auf dem Papier bin ich es immer noch. Zufrieden?“

Sie fragte nichts mehr und begleitete mich in den Gang, half mir aus dem grünen Mantel heraus und reichte mir meine Handtasche und die Nelke.

„Die ist für Sie“, sagte ich und stellte die Nelke zurück in die Vase auf dem Tischchen am Ende des Wandverbaus, wo schon ein paar andere Blumen standen. „Und vielen Dank. Auf Wiedersehen.“

„Viszont latasra“, sagte auch sie und machte die Tür hinter mir zu.

Diesmal rannte ich die Treppen hinunter, ich nahm je zwei Stufen auf einmal wie auf der Flucht vor einem Gespenst. In der Eingangshalle suchte ich nach einem Telefonautomaten, fand aber keinen. Der Portier verwies mich auf die Bushaltestelle neben dem Zeitungskiosk. Hastig suchte ich die passende Münze und warf sie in den dafür vorgesehen Schlitz. Die Nummer wußte ich auswendig, es war Árpáds Büro. Ich hoffte István noch anzutreffen. Nach dem vierten Läuten meldete er sich endlich und war zum Glück bereit, mir etwas von seiner knappen Freizeit zu schenken.

2.

Wir saßen uns in einem kleinen Café gegenüber, István bestellte zwei Cognacs und ein Soda für mich. Keiner von uns wollte anfangen. Mein ganzer Körper tat mir vor Anspannung weh. Ich saß leicht nach vorne gebeugt und stützte mich mit den Ellbogen ab. Der Kopf hing schwer im Netz meiner Finger über dem Tisch. Die Luft im Lokal war stickig und grau. Ich begann zu husten.

„Ich habe dir doch gesagt, daß du ihn nicht besuchen sollst“, begann er. „Die Gehirnerschütterung war zu schwer, die Ärzte glauben, daß es wahrscheinlich für immer so bleiben wird.“

„Wie ist es passiert?“ fragte ich und machte einen Schluck aus meinem Cognacschwenker.

István, als ob er auf diese Frage die ganze Zeit gewartet hätte, griff nach meiner Hand und sagte: „Frontalzusammenstoß."

„Frontalzusammenstoß..."

„Er fuhr gerade nach Österreich", sagte er. „Es war kurz vor der Grenze." István war sich der Wirkung seiner Worte bewußt.

Ich zuckte zusammen. „Und... hat er etwas gesagt? Etwas, das uns zwei betrifft?"

„Er hat viel gesagt. Frage die Schwestern."

István antwortete unwillig, jedes Wort mußte ich aus ihm herausziehen wie die Kletten aus dem Haar. Seine Augen wichen ständig meinen Blicken aus, sie waren unruhig. István klopfte nervös auf seinen leeren Cognacschwenker und bestellte, ohne mich zu fragen, das Gleiche noch einmal. Ich spürte, daß da noch etwas war. So hatte ich ihn noch nie erlebt.

István war sonst ein lustiger Mensch. Er hatte nie etwas ernst genommen und schon gar nicht das Leben. Obwohl Árpád ganz anders war, waren sie die besten Freunde. Sie absolvierten gemeinsam die ganze Schul- und Studienzeit und verbrachten auch die gesamte Freizeit zusammen. Die zwei waren praktisch unzertrennlich. Aber als ich Árpád kennenlernte und István auch Interesse an mir gezeigt hatte, kam es zum Bruch . Ich war mir von Anfang an sicher, daß für mich nur Árpád in Frage kommt, trotzdem brachte Istváns Werben um mich, die sonst stabile Männerfreundschaft ins Wanken. Irgendwann haben sie sich versöhnt, bei unserer Hochzeit hatten sie sogar darüber gelacht, aber wir drei spürten, daß der Riß nur geklebt, aber nicht verheilt war.

István hatte die Kränkung nie richtig verkraftet. Nach außen hin war er immer nett zu mir und auch zu Árpád, aber in seinem Unterton war immer eine leichte Ironie zu spüren. So auch jetzt. Árpád lag lebensgefährlich verletzt auf der Intensivstation und in Istváns Stimme schwang etwas wie Schadenfreude. Dafür haßte ich ihn.

„Willst du sagen, daß Árpád vielleicht für den Rest seines Lebens gelähmt bleiben wird?“ fragte ich zu laut, beinah aggressiv. Neugierige Augenpaare von den anderen Tischen blickten zu uns, die Kellnerin am Barpult drehte das Radio lauter. István schwieg. Seine Mundwinkel erstarrten und verzogen den Mund zu einem nach unten gespannten Bogen.

3.

Die Tür mit der Aufschrift „Intenziv osztály“ stand offen. Ich schlüpfte leise in den Gang, nahm einen der grünen Mäntel, die an der Garderobe hingen, zog ihn verkehrt an, so daß die Schleifen vorne waren, und ging auf leisen Sohlen ins Intensivzimmer. Keine Schwester weit und breit. Stille. Nur das Surren der Geräte und Stöhnen der Beatmungsmaschinen.

Árpád lag bis zu den Ohren zugedeckt im Bett und schlief. Ich ging ganz leise zu ihm, strich ihm über die Stirn, er wachte nicht auf. Ich setzte mich auf einen Sessel neben seinem Bett und sah mich um. Im Zimmer standen vier Betten, alle waren besetzt. Im Nebenbett lag ein junger Mann, fast noch ein Kind, zum Teil verbunden; großflächige, offene Abschürfungen wie Rufzeichen auf sich tragend. Aus seinem Mund und seiner Nase hingen Schläuche, die zu den Geräten neben dem Bett führten. Der junge Mann schlief... oder war er bewußtlos?

Gegenüber von Árpáds Bett lag ein etwa sechzehnjähriges Mädchen. Schon gestern war mir aufgefallen, daß es vorne keine Zähne hatte. Ihre Beine hingen an komplizierten Zügen in der Luft, es sah aus, als ob sie auf einem Gebährstuhl liegen würde. Ihre beiden Hände waren eingegipst und lagen leicht angewinkelt auf ihrem Oberkörper. Die Bettdecke, die von den Beinen in ihren Schoß gerutscht war, ließ den Blick auf ihren nackten Hintern und die Scham frei. Auch wenn niemand außer mir im Zimmer war, der es registrieren konnte, war es mir sehr peinlich. Ich schlich zu dem Mädchen und schob die Decke über ihre Beine. Sie öffnete kurz die Augen, ich glaube, sie lächelte mich sogar an, dann fiel sie in ihre Lethargie, in der sie keine Entblößungen störten.

In dem Bett hinter der Tür saß ein Mann und starrte mich an. Trotzdem war ich mir nicht sicher, ob er bei Bewußtsein war. Er bewegte sich nicht und antwortete nicht auf meinen Gruß. Seine Mundwinkel hingen wie ein verkehrter Mond in seinem Gesicht, die Augen sahen blind aus.

Ich saß mit dem Rücken zum Fenster und atmete leise, um das Geräusch der Monitore nicht zu stören. Nur nicht aus dem Rhythmus bringen, dachte ich. Solange die Herz-Lungen-Maschinen regelmäßig arbeiten, kann den Kranken nichts passieren.

Der junge Patient im Nebenbett begann zu stöhnen, der sitzende Mann wurde auf einmal lebendig und rief laut: „Schwester, Schwester... kommen Sie, schnell!“

Ich hörte Schritte, eine Schwester, die ich noch nicht kannte, erschien im Türrahmen. Als sie mich erblickte, schimpfte sie laut: „Wer hat Ihnen erlaubt die Abteilung zu betreten?“

„Schwester Ilona... und die Oberschwester Szatmáry...“ stotterte ich unsicher, stand auf und zog aus der Geldbörse einige Geldscheine.

Sie kam zu mir und streckte die Hand so aus, daß ich ihr das Geld hineinlegen konnte, steckte es ein und sagte freundlicher: „Aber das nächstemal fragen Sie mich.“

„Köszönöm“, bedankte ich mich für die Möglichkeit zu bleiben und setzte mich zurück auf meinen Sessel.

Der junge Patient stöhnte wieder und zog sich im Krampf zusammen. Schwester Otília, ich hatte den Namen auf ihrer Kleidung gelesen, beobachtete kurz das Zucken auf dem Monitor, dann lief sie schnell aus dem Zimmer. Nach einigen Sekunden kam sie mit einem Arzt zurück.

Er sah auf die Geräte, überlegte nicht lange und drückte auf die Brust des jungen Mannes und rief seinen Namen: „Herr Soskó, hören Sie mich? Herr Soskó, wachen Sie auf! Herr Soskó...“

Der Arzt preßte immer wieder auf die Lunge und das Herz des Patienten, die Schwester setzte ihm eine Sauerstoffmaske auf. Das Zucken auf dem Monitor wurde immer seltener.

Der sitzende Mann sagte unruhig: „Herr Doktor, helfen Sie ihm... tun Sie etwas!“

Der Arzt beachtete den Mann nicht, seine ganze Aufmerksamkeit galt dem jungen Patienten. „Eins, zwei, drei... eins, zwei, drei... zählte er, wobei er mit beiden Händen kräftig auf die Brust des jungen Mannes drückte.

Auf der Stirn des Arztes glitzerten Schweißperlen. Er hob kurz den Kopf und sah zu mir. Dann schrie er mich plötzlich an: „Was suchen Sie hier? Gehen Sie bitte hinaus!“

Erst jetzt begriff ich, was da vor sich ging. Da kämpfte ein junger Mensch mit dem Tod, und ich stand nur da und konnte nichts tun. Ich war überflüssig. Natürlich habe ich als Krankenschwester Menschen sterben gesehen, aber diesmal war es anders. Meine Sorge um Árpád hat meine Sensoren lahm gelegt. Eigentlich hätte ich den Ernst der Lage viel früher erkennen müssen, den Ausdruck des Kranken und den Krampf, ich hätte viel früher erkennen müssen, daß dieses halbe Kind nie mehr aufwachen würde. Ich fühlte mich beschämt, aber auch erleichtert, daß es nicht Árpád war, um den es bei diesem Kampf ging.

Ich nahm meine Tasche und wollte das Zimmer verlassen. Als ich an dem Bett des sitzenden Mannes vorbeiging, beugte er sich vor und spuckte mich an. Ich blieb stehen, sah ihn erschrocken an, da begann er zu schimpfen: „Jagen Sie sie fort, die Mörderin! Sie ist nicht besser als er."

Die Schwester deutete mir, daß ich hinausgehen solle und kümmerte sich um den Mann. Noch draußen hörte ich seine Beschimpfungen, wobei er immer wieder Mord und Totschlag ins Spiel brachte. Ich setzte mich auf einen Sessel im Gang und wartete. Die Schwester lief hinaus, holte aus dem Schwesternzimmer Spritzen und Impflösungen und brachte sie ins Intensivzimmer. Danach ging sie zurück und telefonierte. Die Tür stand offen, ich hörte zwar jedes Wort, nahm ihren Sinn jedoch nicht wahr. Einige Minuten später kam ein zweiter Arzt in die Abteilung, eilte in das Intensivzimmer... mich beachtete keiner mehr.

Ich weiß nicht, wie lange ich dort gesessen bin, alles war mir entglitten. Erst als ich Schreien und Toben aus dem Zimmer hörte, erinnerte ich mich wieder daran, wo ich war. Jetzt war auch eine zweite Schwester da, die beiden rannten über den Gang hin und her, mal mit einer Spritze, mal mit einem Verband.

Endlich kamen die Ärzte aus dem Zimmer, langsam, einer von ihnen zog sich gerade seine Gummihandschuhe aus. Er ging auf mich zu und fragte: „Sind Sie Frau Horváth?“ Ich nickte. „Kommen Sie mit mir“, sagte er. „Ich würde Sie gern sprechen.“ Ich folgte ihm wortlos in sein Zimmer.

4.

Der Arzt, auf seinem Namensschild stand Dr. Géza Kosztolányi, deutete auf einen Besuchersessel vor seinem Schreibtisch, er selbst setzte sich in einen Leder-Bürosessel auf der anderen Seite des Tisches. Der Raum war klein und unnatürlich hell. Er wirkte steril.

„Was ist mit meinem Mann?“ fragte ich.

„Sechsfache Fraktur des linken Beines, dreifache Fraktur des linken Armes, Beckenbruch, Serienrippenbrüche, Gehirnerschütterung.“

„Sechsfach... Wird er gehen können?“

„Das werden wir sehen. Die Brüche heilen langsam. Und wir müssen noch mehrmals operieren.“

„Und was ist mit seinem Kopf?“

„Wir haben ein Blutgerinnsel unter der Schädeldecke entdeckt. Wenn es uns gelingt es zu entfernen...“

„Herr Doktor, wird er wieder gesund?“

„Wir müssen zuerst den Druck im Gehirn reduzieren, dann wissen wir mehr. Der Eingriff ist für morgen vorgesehen.“

„Ist es gefährlich?“

„Was ist schon gefährlich nach so einem Unfall?"

Er stand auf und ging im Zimmer auf und ab.

„Warum sind Sie nicht früher gekommen?", wollte er wissen.

„Wir haben uns getrennt, schon vor Jahren... Ich lebe in Wien, er in Budapest. Eigentlich wollten wir unsere Scheidung besprechen."

Er sah mich erschrocken an: „Scheidung? Denken Sie jetzt an eine Scheidung?"

Wollte er an meine Menschlichkeit apellieren, einen Verunglückten in seiner schweren Stunde nicht zu verlassen? Was wußte er schon von Árpád und von mir? Wir waren seit achtzehn Jahren verheiratet, sechs davon war jeder seine eigenen Wege gegangen. Wir hatten einmal eine große Zukunft für uns geplant, geblieben waren zwei Individualisten, die sich nicht arrangieren konnten.

Ich liebte Árpád immer noch. Trotz allem, was passiert war. Nicht einmal mir selbst versuchte ich es auszureden. Was ich einmal für ihn empfunden hatte, blieb ein dauerhaftes Gefühl in meinem Herzen zurück. Ich hatte gelernt dieses Gefühl zu akzeptieren, auch wenn ich mir nicht mehr vorstellen konnte, mit Árpád noch einmal zusammenzuleben. Ja, ich wollte die Scheidung, um für eine neue Beziehung frei zu sein, mit dem Vorsatz, Árpád nie zu vergessen. Wie sollte ich ihm das aber gerade jetzt beibringen? Ich entschied mich fürs Warten.

Seit ein paar Monaten gab es einen neuen Mann in meinem Leben, doch kaum hatte ich ihn kennengelernt, mußte er aus beruflichen Gründen Österreich verlassen. Alexander wurde von seiner Firma in den Irak entsandt. Natürlich haben wir uns geschrieben, natürlich oft und lang telefoniert, aber ob ich ihn jemals wieder sehen werde, war ich mir nicht sicher.

„Darf ich morgen wieder kommen?“ fragte ich den Arzt und wollte aufstehen.

„Bleiben Sie noch sitzen... bitte“, sagte Dr. Kosztolányi. Es ist noch nicht alles.

Ich setzte mich und sah ihn an. Er holte tief Luft und begann zu erzählen: „Es war ein Frontalzusammenstoß. Das wissen Sie. Der junge Mann, der soeben gestorben ist, saß in dem anderen Auto. Und der ältere Mann, der auch im gleichen Zimmer liegt, war auch dabei. Er ist sein Vater.“

„Aber... aber... wer ist schuld?“ fragte ich, obwohl ich die Antwort schon längst in Dr. Kosztolányis Gesicht sah.

„Ihr Mann ist von der Fahrbahn abgekommen und scheinbar grundlos... er war nicht alkoholisiert und auch... Könnte es mit ihrer bevorstehenden Scheidung zusammenhängen?“

5.

Der Grenzübergang bei Nickelsdorf war menschenleer, als ich am Abend nach Wien fuhr. Es reichte, meinen Reisepaß aus dem Fenster zu zeigen, und schon winkten mich die Zöllner weiter. Ich fuhr schnell, manchmal ertappte ich mich dabei, daß ich das Gaspedal bis zum Boden durchdrückte. Dann sah ich Árpád vor mir, physisch und psychisch gebrochen, und zog den rechten Fuß vom Gas.

Es kann sein, daß Árpád ins Gefängnis muß, überlegte ich. Einen Menschen zu töten und einen anderen schwer verletzen... diese Vorstellung quälte mich. Der Arzt hatte recht. Natürlich hing der Unfall auch mit mir zusammen. Árpád war doch unterwegs zu mir, weil ich zu stolz war, zu ihm zu fahren... andererseits... wir sind doch erwachsene Menschen.

Damals, als er mich in Wien verlassen hatte, hoffte ich, ihn nie wieder sehen zu müssen. Ich habe mir vorgenommen es auch ohne ihn zu schaffen. Anfangs arbeitete ich als Abwäscherin, Bedienerin und Büglerin, erst als ich die Arbeitsgenehmigung bekommen habe, ist es mit mir aufwärts gegangen. Nach nächtelangem Lernen nostrifizierte ich mein Krankenschwesterdiplom und bekam eine Stelle in einem großen Krankenhaus.

Zwei Jahre später stand Árpád ganz überraschend vor meiner Tür und hat sich auf seine Rechte als Ehemann berufen. In Wirklichkeit wollte er sich in ein fertiges Nest setzen und ganz ohne Mühe meinen schwer erkämpften Wohlstand genießen. Ich haßte ihn dafür und warf ihn aus meiner Wohnung hinaus.

Jetzt weinte ich, weil es ihm schlecht ging. Oder war es wegen meines schlechten Gewissens? Ich verstand mich selbst nicht mehr. Árpád war doch mit der Scheidung einverstanden... Hat nicht die Krankenschwester gesagt, daß ihn eine Frau täglich besuchte?

Der Gedanke an eine andere Frau an Árpáds Seite war ungewöhnlich. Nicht nur, daß ich es mir nicht vorstellen konnte, es tat mir auch weh. Und dabei war ich selbst verliebt und plante mein Leben neu zu gestalten. Ich kam mir vor, wie ein kleines Kind, das ein ungeliebtes Spielzeug keinem anderen Kind vergönnte. Wie konnte ich nur glauben, daß ich reifer geworden war?

6.

Ich mag es nicht, Krankenhäuser privat zu besuchen, denn als Krankenschwester sehe ich dann alles mit anderen Augen und habe Angst, daß sich die Ärzte irren könnten oder daß ihnen das Schicksal ihrer Patienten egal sei. Dieses Gefühl dem Personal ausgeliefert zu sein ist unerträglich. Am liebsten wäre ich in das Ärztezimmer gegangen und hätte verkündet, daß ich mich ab nun selbst um Árpád kümmere... nur es geht nicht. Kein Arzt läßt sich in sein Handwerk pfuschen und schon gar nicht von einer Krankenschwester, die in den Westen emigriert war. Diese Beleidigung wäre zu groß. Aus Vernunft mußte ich meine Hilfsbereitschaft zurückhalten und Árpád nur mit meiner Anwesenheit beglücken. Waren meine Besuche für ihn überhaupt eine Beglückung?

Bei meinem nächsten Besuch stand sein Bett im Gang. Was für ein Leichtsinn, dachte ich. Erst vor ein paar Tagen haben sie ihn operiert und setzen ihn gleich dem Luftzug und den ganzen Bakterien aus. Außer, daß er nicht mehr den Angriffen vom Vater Soskós ausgesetzt war, sah ich keinen Vorteil für Árpáds Verlegung und nahm mir vor, mit dem Arzt zu reden.

Am Bett saß eine junge Frau und hielt Árpáds Hand. Als er mich aus dem Aufzug aussteigen sah, zog er die Hand zurück, die junge Frau drehte sich nach mir um. Bei ihrem Anblick stockte ich. Wenn wir Kinder... wenn Árpád und ich eine erwachsene Tochter hätten, so müßte sie aussehen. Noch nie habe ich eine solche Ähnlichkeit eines Menschen mit mir gesehen. Sie hatte meine Figur, wenn auch ein bißchen schlanker, mein Haar und fast meine Augen. Sie sah mich, während sie aufstand, überrascht an.

„Jo napot“, begrüßten wir einander förmlich.

Wir reichten uns die Hände.

„Ildikó“, sagte ich.

„Adele“, antwortete sie.

Ihre Hand war weiß und zart.

„Es freut mich“, murmelten wir gleichzeitig und spürten, daß es seltsam klang.

Sie bot mir einen Sessel an, ich setzte mich. Árpáds Blick schwankte zwischen mir und Adele.

„Wie geht es dir?“ unterbrach ich die peinliche Stille.

„Der Eingriff ist gelungen“, sagte Adele erleichtert und griff wieder nach seiner Hand. Diesmal fester als vorher, seine Finger versuchten den stärkeren Druck zu erwidern. Nach einer Weile drehte er sich zu mir.

„Wie gefalle ich dir mir einer Glatze?“ fragte mich Árpád müde und hielt mir seine linke Schläfe hin.

Erst jetzt bemerkte ich das Pflaster auf der ausrasierten Kopfhälfte. Die Haare auf der rechten Seite fielen in Locken auf den Polster, die Asymmetrie hatte etwas Komisches auf sich.

„Er wird es schon schaffen“, meinte Adele und schob Árpád ein Stück Schokolade in den Mund.

„Das dürfen Sie nicht!“ sprang ich auf und versuchte Árpád dazu zu bringen, die Schokolade auszuspucken. Nicht nach einer Gehirnerschütterung und schon gar nicht nach einer Kopfoperation!“

Árpád schob das Bonbon mit der Zunge heraus, ich nahm es mit einem Taschentuch zwischen die Finger und warf es in den Abfallkorb. Adele sah mich verständnislos an. Es war mir egal, ob sie mich verstanden hat oder nicht.

Sie stand auf und streichelte Árpáds Gesicht und den Oberkörper. Ich hatte das Gefühl, sie wollte mir demonstrieren, daß sie ab nun seine Frau sei und daß ich verschwinden solle. Sie war sehr jung, mindestens fünfzehn, vielleicht sogar zwanzig Jahre jünger als ich. Árpád genoß ihre Berührungen, auch wenn er hin und wieder besorgt zu mir sah. In seinem Blick sah ich Stolz und Wehmut. An diese Konstellation müssen wir uns erst gewöhnen. Ich verabschiedete mich und ging. Hier brauchte mich keiner.

In der Eingangshalle holte mich Adele ein.

„Warten Sie, warten Sie!“ rief sie mir nach und lief auf mich zu. „Ich möchte Sie gern sprechen“, sagte sie. „Trinken wir zusammen Kaffee?“

Ich war einverstanden. Wir gingen ins Büfett und bestellten zwei Espressi. Es waren wenige Leute in der Halle, die Besuchszeit ging zu Ende, die Kellnerin hinter der Theke polierte die Gläser.

Der Kaffee schmeckte nicht besser als der vor ein paar Tagen, aber diesmal war er zumindest heiß. Wir tranken ihn mechanisch und lustlos.

Adele sah mich lange an, dann nahm sie ihren ganzen Mut zusammen und sagte: „Ich liebe Árpád. Wir wollten heiraten... wenn... Ich bin so unglücklich, daß es passiert ist.“ In ihren Augen standen Tränen. Ich glaube, sie waren echt.

„Er wird wieder gesund“, versuchte ich sie zu trösten.

„Das wird aber ewig dauern“, entgegnete sie anklagend. „Der Arzt hat gesagt, das Bein muß noch dreimal operiert werden, und auch aus der Hand müssen die Platten entfernt werden. Und dann die Rehabilitation und die Kuren... Wie sollen wir das alles nur schaffen? Ich studiere noch...“

Sie tat mir leid. Es war eine schwere Bürde für so ein junges Geschöpf.

„Wohnen Sie bei ihm?“ fragte ich.

Sie schneuzte sich. „Ja“, murmelte sie in das Taschentuch. „Aber wenn er nach Hause kommt und ich in die Vorlesung muß... Wer wird sich um ihn kümmern? Wer wird ihm helfen auf die Toilette zu gehen, wer wird ihn baden und für ihn kochen? Und dann die Wäsche und der Einkauf... früher haben wir alles gemeinsam gemacht.“

„Sie haben soeben gesagt, daß Sie ihn lieben...“ lächelte ich sie an.

„Sicher liebe ich ihn, aber ich kann mir nicht seinetwegen mein Leben kaputt machen. Wer garantiert mir, daß er überhaupt gehen wird können? Und als ein Krüppel... Ich will noch tanzen gehen... und...“

Sie schneuzte sich wieder in das Taschentuch und sah mich entschlossen an: „Ich habe mir gedacht... Sie sind doch seine Frau... Außer Ihnen hat er niemanden...“

7.

Ich besuchte Árpád nicht mehr, sondern schrieb ihm. Monatelang antwortete er nicht, es war auch nicht verwunderlich, denn er konnte weder sitzen, noch einen Bleistift in der Hand halten. Auch Adele rührte sich nicht. Zeit verging und langsam gewöhnte ich mich daran, daß alles so bleiben würde, wie es war, doch dann kam sein Brief.

Der Prozeß war vorbeit. Árpád wurde wegen der Tötung und Schwerverletzung schuldig gesprochen. Mit seiner eigenen Verletzung und folgenden Behinderung als mildernden Umständen.

„Du bist um die Möglichkeit gekommen...“, schrieb er, „...mir Kuchen mit eingebackener Feile in die Gefängniszelle zu schmuggeln. Ich bin frei, wenn man zwei Jahre bedingt auf vier Jahre als Freiheit bezeichnen darf. Etwas fiel von mir ab, die seelische Belastung blieb.

Vor dem Gericht fühlte ich mich wie eine Kulisse, die von Akt zu Akt verschoben wird. Alles lief nach mir unbekannten Regeln ab. Egal. Worte, Worte, Worte. Eine andere Welt. Ich als Akteur Nummer eins, mir gegenüber eine nicht komplette Familie. Tränen und Wut... Ich bin frei...

Das Bein tut immer noch weh. Es schwillt nicht mehr an, ärgert mich dafür in der Nacht. Ich kann gehen. Mit Krücken, manchmal nur mit Stock. Ich wünsche mir dich zu sehen, Dir wünsche ich ähnliche Wünsche. Ich küsse Dich. Árpád.“

8.

Alexander war nach sechs Monaten in Bagdad zurückgekehrt und erwartete meine Antwort. Wir spazierten durch die Straßen und sprachen über alles andere, nur nicht über uns. Wien war eingehüllt in ein rosa Nachmittagslicht, das die Menschen auf ihrem Heimweg von der Arbeit begleitete. Wir mischten uns unter die Eilenden und taten so, als ob wir auch ein Ziel hätten.

Die Innenstadt war, wie immer um diese Zeit, voll. Wir schlenderten den Kohlmarkt entlang, sahen uns Auslagen mit

Büchern an, bogen nach rechts in den Graben. Auf dem Gehsteig saß ein alter Mann, vor ihm lag ein Hut mit einigen Münzen. Der Mann döste und öffnete die Augen nur dann, wenn er eine weitere Münze im Hut klirren gehört hatte. Vor der Pestsäule gab ein Feuerschlucker Kostproben seines Könnens, bis zwei Polizisten vor ihm auftauchten und nach seiner Bewilligung fragten. Wir gingen weiter.

Auf der Kärntnerstraße spielte eine südamerikanische Folkloregruppe, unweit tanzte ein Kind im Rhythmus einer Mandolinenmelodie, eine Gruppe Menschen bewunderte ein schwarzborstiges Schwein an einer roten Leine, das auf Befehl Kunststücke vorführte.

Alexander und ich standen nebeneinander und lächelten uns an. Ich konnte meine Augen nicht von ihm lassen. Er hatte sich kaum verändert. Gerade, daß die grauen Fäden um seine Schläfen ein bißchen mehr und die Lachfalten rund um die Augen tiefer geworden waren. Sonst nichts. Seine Augen strahlten jetzt genauso wie in meiner Erinnerung.

Sein Urlaub dauerte zehn Tage.

Zehn Tage sprachen wir nicht darüber, was zwischen uns stand, doch wir wußten, daß es zehn Tage des Wartens auf eine Entscheidung waren. Als ob wir es ausgemacht hätten, mieden wir das Thema Irak und erwähnten nicht einmal das Forschungslabor, in dem er sich für drei Jahre verpflichtet hatte. Wir sprachen auch nicht über Árpád.

Wir standen jeden Morgen auf, duschten, kleideten uns an, aßen, redeten, dachten darüber nach, was der andere gerade dachte, wir gingen aus, sprachen davon, was früher war, mieden Gespräche über die Zukunft, wir liebten uns und schliefen ineinander verschlungen, bis uns der nächste Morgen weckte.

Alexanders Augen waren geschlossen. Seine rechte Hand lag unter meinem Nacken, die linke ruhte auf meinem Bauch. Er atmete ruhig und leise. Ich beobachtete den schlafenden Mann neben mir und empfand Liebe. Erst jetzt wurde mir bewußt, daß ich während der vergangenen Monate beinah den Duft seines Körpers vergessen hatte. Beinah hätte ich mich nicht mehr an die Sanftheit seiner Haut und die Festigkeit seiner Muskeln erinnert. An das Gefühl in seiner Armbeuge zu liegen, im gleichen Rhythmus mit ihm zu atmen und gemeinsam zu schweigen. Beinah hätte ich vergessen, wie sich der Haaransatz an seiner Stirn anfühlte, wie sich das Grübchen mitten in der Brust wellte, wie seine Lippen an meinen Ohrläppchen knabberten. In diesem Augenblick begriff ich, daß in unserer Unfähigkeit, Glück ohne einander zu empfinden, unsere ganze Hoffnung lag.

9.

Ich wartete im Park zwischen dem Burgtheater und dem Rathaus. Es war ein heißer Augusttag. Ich spazierte zwischen den Grünflächen und beobachtete die wenigen Menschen, die unter den Bäumen Abkühlung suchten.

Es war zehn Minuten nach drei und Árpád war immer noch nicht da. Als ich das letztemal da stand und auf ihn wartete, war ich wütend; jetzt machte ich mir Sorgen. War ihm schon wieder etwas passiert? War er nicht fähig zu reisen oder war er vielleicht wieder verunglückt? Dann sah ich ihn. Er stieg aus einem Taxi, der Fahrer half ihm dabei. Bevor er wieder losfuhr, reichte er Árpád seinen Stock.

Er sah mich noch nicht. Vorsichtig drehte er sich um und richtete seinen Stock zurecht. Seine Unsicherheit war auch aus der Entfernung zu spüren, aber auch seine Entschlossenheit. Er stand auf dem gesunden, rechten Bein, das linke war unnatürlich steif. Auf einmal bewegte sich das linke Bein nach vor und machte einen Schritt, das rechte zog er nach und überholte damit das linke. Er ging! Er hinkte, aber er ging! Wie erleichtert ich war!

Ich trat aus dem Baumschatten und ging auf ihn zu. Als er mich erblickte, ging er schneller, wobei er versuchte, seinen Oberkörper so ruhig, wie nur möglich zu halten. Es ging ganz gut. Auf jeden Fall besser, als ich es mir im Krankenhaus vorstellen konnte. Es war wie ein Wunder.

Wir begrüßten einander und gingen zur nächsten Bank. „Ich feiere heute meinen ersten Geburtstag", sagte Árpád, als wir uns gesetzt hatten. „Willst du mit mir feiern?" Erst jetzt erinnerte ich mich, es war genau vor einem Jahr, der 30. August... Deswegen hat er diesen Termin vorgeschlagen.

„Wir müssen auf dein neues Glück anstoßen", sagte ich. „Da drüben ist ein Café."
Die paar Schritte gingen wir sehr langsam. Seltsam. Wie anders die Welt wirkt, wenn man ihr Zeit läßt. Wir beide blickten zu Boden und achteten auf jede kleinste Unebenheit, die zu einer Falle werden könnte. Dabei entdeckte ich Zigarettenstummel, Kaugummipapierchen, sogar Ameisen, die den Gehsteig überquerten und Vorräte in ihr Nest trugen. Noch nie hatte ich den Boden unter mir so genau wahrgenommen, wie damals. Ich merkte, daß Árpád jeder Schritt weh tat. Er biß die Zähne zusammen. Eigentlich müßte er noch mit Krücken gehen, dachte ich.

Die Kellnerin brachte uns zwei Gläser Sekt. Wir stießen an und lächelten verlegen.

„Und jetzt?" fragte er.

„Was jetzt?"

„Wie geht es mit uns weiter?“

„Wie soll es gehen?“

„Hast du eine Vorstellung?“

„Weißt du, daß ich noch den Schlüssel von unserer Wohnung habe?“

„Ja... ich weiß es.“

Ich nahm den Schlüssel aus der Handtasche heraus und legte ihn auf den Tisch. Er sah den Schlüssel an, wollte danach greifen, überlegte es sich aber und sah mir in die Augen.

„Willst du ihn nicht behalten?“

„Nein, nicht mehr“, sagte ich. „Es ist besser so.“

Der Schlüssel lag auf dem Tisch, so lange wir da saßen. Wir sprachen nicht mehr darüber, spürten aber, daß er das letzte Verbindungsglied zwischen uns war. Árpád bezahlte, erhob sich und griff nach dem Schlüssel.

„Ich glaube es auch“, sagte er dann. „Es ist besser so.“

Dann verstaute er das letzte Relikt unserer Ehe in der Jakkentasche und stützte sich auf seinen Stock. Umständlich umarmte er mich - die linke Hand war auch nicht mehr so beweglich wie früher - und küßte mich auf beide Wangen.

„Mach’s gut.“

„Leb wohl, Árpád.“

Er ging, ich blieb stehen und sah ihm nach. Als ich ihn vor der Ampel am Ring hilflos stehen sah, wollte ich zu ihm laufen und ihm zumindest über die Straße helfen, da erblickte ich Adele. Sie stand auf der Burgtheaterstiege und winkte ihm zu.

Ich atmete tief durch und fühlte mich frei. Hastig holte ich eine Telefonwertkarte aus meiner Geldbörse und lief zum nächsten Telefonautomaten. Ich wählte die zwölfstellige Nummer und wartete. Es kam mir ewig lang vor, bis abgehoben wurde.

„Berger", sagte Alexander am anderen Ende der Leitung.

„Ich komme zu dir nach Bagdad... wenn du noch willst", rief ich in die Sprechmuschel.

„Natürlich will ich es", sagte er. „Wann?"

„In einer Woche."

„Was? Du läßt mich noch eine ganze Woche warten?", sagte Alexander am anderen Ende der Leitung und lachte.

IZET
oder
Der Duft des Weizens

Einem großen Dichter, der trotz Sarajevo versteht, daß das Leben mehr bietet, als den Tod

„Ich habe Angst." Warum höre ich diese Stimme? Immer wieder diese Stimme. „Ich habe Angst." Und das Peitschen der Bomben und Heulen der Sirenen. „Ich habe Angst."

„Angsthase, es ist schon alles vorbei. Du brauchst dich nicht zu fürchten."

„Geh nicht weg. Bleib bei mir. Bitte... bitte... Ich habe solche Angst. Du bist doch mein großer Bruder."

„Na gut, ich bleibe."

„Und wirst du auch immer da sein, wenn sie kommen? Wirst du mich beschützen, wenn sie wieder schießen?"

„Versprochen. Ich bin doch ein Mann."

Darf ich mich zu Ihnen setzen? Verzeihung... Ist da ein Platz frei? Danke, sehr nett von Ihnen. Ich glaube, wir sind einander schon begegnet. Nicht wahr? Bei den Vorträgen. Interessieren Sie die Vorträge?

Gestatten Sie, daß ich mich vorstelle... Ich heiße Izet... nein, nicht Begovic... auch wenn ich aus Bosnien bin. Nicht jeder Izet heißt bei uns gleich Begovic... Wissen Sie, der Name... Ah... es ist nur ein Name... sonst nichts. Er bedeutet nichts mehr als... Macht es Ihnen etwas aus, wenn wir das Thema wechseln?

Na... dann prost. Der Wein schmeckt gut. Die Weine aus dieser Gegend sind exzellent. Haben Sie das gewußt? Vor allem der Weißwein... aber auch der Rote läßt sich trinken... glauben Sie mir... Obwohl mir der Weiße lieber ist. In dem Weißen ist die Sonne eingefangen, zumindest ich rede es mir ein und die Perlen da drinnen, sehen Sie die Perlen... Schauen sie nicht wie Sterne aus? In dem Weißen ist der Tag und die Nacht, die Sonne und der Mond... aber ich möchte Sie nicht langweilen... Es ist angenehm hier zu sitzen, Leute zu beobachten, einen guten Wein trinken... ja, so läßt es sich aushalten.

Das Leben ist schön. Ich genieße es. Wirklich. Ich beschwere mich nicht einmal ein bißchen. Trotz allem bin ich froh, daß ich lebe. Verstehen Sie das? Trotz Sarajevo... Ich kann wieder lachen und fröhlich sein, ich kann singen und tanzen... man kann es mir sicher nicht ansehen, was ich erst unlängst durchgemacht habe. Aber soll ich deswegen traurig sein? Nein... Ich bin eine Frohnatur. Das Tanzen war schon immer mein Hobby und auch trotz meines Alters, es geht immer noch. Ich sage mir immer wieder, solange ich auf den Beinen stehen kann, kann ich auch tanzen.

Und ich kann trinken. Immer wieder Wein trinken, weil in dem Wein die Wahrheit liegt. Willst du sie finden, mußt du viel trinken. Das ist schon eine alte Weißheit. Viel, mindestens so viel, wie ich. Wo ist die Flasche, die volle... der Abend ist noch jung. Schenkt mir jemand ein? Meine Hand zittert so sehr, aber das Glas, das Glas kann ich noch halten... und eine Zigarette. Schenk mir eine, junger Freund... Danke. Vielen Dank. Ah... ist das gut. Da kehren die guten Geister in mich ein. Und mit einer Zigarette in der Hand und einem Glas Wein kann ich nicht anders. Nur singen... ganz einfach singen...

„Stojí vojak na varte, na varte, v roztrhanom kabáte, kabáte... rosa na òho padala, padala, od veèera do rána, do rána..." Singt doch mit... „Tralalala, tralalala, tralalalalalalalaala, tralalalala, tralalala..." Ihr kennt das Lied nicht... Kein Wunder. Das ist kein bosnisches Lied... ich singe heute alles durcheinander... das ist, laßt mich nachdenken... ich glaube, irgendein slawisches wird es schon sein... mein Gott, wer soll sich das alles nur merken?

Und weiter geht es etwa so... „Lúbi cigáò, cigánku, cigánku v tom zelenom zupánku..." Ihr sagt nichts. Es ist euch peinlich. Ich sehe es an euren Gesichtern. Es ist euch unangenehm mit einem alten Säufer am Tisch zu sitzen. Ich kann mich aber auch wo anders hinsetzen... es ist hier Platz genug... Gut, dann... ich bleibe und verspreche euch, daß ich euch keine Schande machen werde... Wir sind doch in keiner Kirche, daß ich euch etwas versprechen müßte.

„Tralalalala, tralalala.... hmmmmm, hmmmmm, hmmmm..." Das Lied habe ich irgendwo im Krieg gelernt. Nicht in dem unseren... es war in dem Hitlerkrieg. Ich war damals noch ein Junge, zehn, zwölf Jahre alt, aber ich kann mich noch sehr gut daran erinnern. In dem Krieg haben sich alle getroffen, die Serben, Kroaten, Slowaken, Bosnier und die Polen. Franzosen waren auch da. Sie kämpften mit uns und dann gegen uns. Das war damals so. Verrückt. Nicht wahr?

Unsere Armee ist am Anfang des Krieges in die eine Richtung gelaufen... mit den Deutschen gegen die Russen, zurück ist sie mit den Russen gegen die Deutschen gezogen. Zum Schluß haben wir nicht einmal gewußt, wer Feind war und wer nicht. Bei meiner Großmutter hat damals ein Holländer gewohnt. Hans hat er geheißen, ein junger Soldat. Ich weiß es bis heute nicht, ob er offiziell Feind oder Freund war... Wir haben jeden Tag Canasta gespielt, er hat es mir beigebracht... Nach dem Krieg hat er ein paar Karten geschrieben... Grußkarten... Seit Jahrzehnten habe ich nichts mehr von ihm gehört. Ich weiß es nicht einmal, ob er noch am Leben ist...

Hast du nicht gesagt, daß du aus Frankreich bist? Aha... Die Franzosen waren auch in dem Krieg. Sicher waren sie... Wer eigentlich nicht? Als ich so alt war, wie du jetzt, da haben wir gerade keinen Krieg gehabt. Und ich hatte damals auch eine Freundin, so wie du jetzt eine hast. Auch ein hübsches Mädchen. Sie hat deiner fast ähnlich gesehen. Nur ihre Frisur war ein bißchen anders. Nach der damaligen Mode. Du brauchst sie nicht so an dich zu drücken, ich nehme sie dir nicht weg. Zugegeben, sie gefällt mir auch. Solche Frauen gefallen jedem Mann. Und auch wenn ich alt bin, kann ich immer noch unterscheiden, was schön ist und was nicht. Und ob da dieses gewisse Etwas ist. Das ist ganz wichtig. Du weißt sicher, was ich meine.

Deine Freundin hat ein besonderes Fluidum um sich. Sie wirkt ätherisch und geheimnisvoll... Ich liebe Frauen, die geheimnisvoll wirken... aber ich bin mir nicht ganz sicher, ob du das auch an ihr merkst. Sie ist schön... besonders schön... sie paßt zu dir... Keine Angst, sie liebt dich auch... Das sieht man... Du streichelst andauernd ihre Hand und berührst unter dem Tisch ihre Knie... Ich sehe es... mir entgeht so etwas nicht. Auch wenn meine Augen schwach sind und der Blick trüb.

Was glaubst du, wie ich damals mit den Frauen geflirtet habe? Als ein junger Mann von zwanzig, fünfundzwanzig Jahren war ich draufgängerisch und unternehmungslustig... Mein Gott, war das schön. Ein Zwinker da, ein Zwinker dort... Manchmal habe ich sie aus lauter Übermut in den Po gezwickt... und sie haben so getan, als ob sie etwas dagegen hätten... aber sie hatten nicht. So etwas spürt man. Im Gegenteil, es hat ihnen gefallen. Sie haben gekichert und mir nur aus Anstand eine geklebt. Jetzt wirst du sicher glauben, daß ich in meinen jungen Jahren ein Frauenheld war... aber nein, das war ich nicht. Dazu habe ich die Frauen viel zu viel geliebt. Ich habe sie geachtet... das tu ich immer noch... weil ich immer der Meinung war, daß die Frau ein besserer Mensch ist. Schon allein wegen ihrer Fähigkeit zu gebären... Und dann die Liebe... ihre Liebe kommt vom Herzen... von der tiefsten Seele, nicht wie bei uns aus der Hose... Die meisten Männer wollen so etwas nicht hören, aber es ist so...

Was ist mit dem Wein? Kann nicht jemand dafür sorgen, daß hier immer eine Flasche steht? Mein Glas ist schon wieder leer. Herr Ober, die geht auf meine Rechnung. Zimmernummer 220. Und alles schön zusammenschreiben. Morgen ist der Zahltag. Bis zum Rand... gut, so ist es gut. Und...? Warum spielt die Musik nicht? Und so etwas nennt sich ein Luxushotel! Fünf Sterne. Zum Teufel mit den Sternen. Wer braucht sie hier? Fünf Sterne und keine Musik. Es ist still hier, wie bei einem Begräbnis. Verdammt... die Stille ist unerträglich.

Aber wir... wir könnten doch singen... Seid ihr auch dafür? Ich hab' einen Vorschlag. Singen wir jetzt ein melancholisches Lied. Vielleicht dieses... „Kad ja podoh na Bendbasu, na Bendbasu na vodu, ja povedoch, bijelo jagnje, bijelo jagnje sa sobom... hmmmm, hmmm....“ Gefällt euch die Melodie? Ja? Das ist ein sehr tragisches Lied, aber man muß es lustig singen, nur so berührt es das Herz... das Innere... das, was ganz tief drinnen sitzt... Tragische Lieder haben etwas Bejahendes in sich... etwas, was dich sagen läßt - trotzdem... ich mache es trotzdem... auch wenn sich alle auf den Kopf stellen. Ich mache es trotzdem...

Ich liebe tragische Lieder. Ja, sicher, schau mich nicht so an. Paradoxe berühren uns am tiefsten in der Seele. Schicksalsschläge, denen man sich nicht beugt, sondern die Zähne fletscht. Verstehst du das? Ich weine nicht... nicht mehr... ich kann lustig sein und tanzen, wenn ich es will... und trinken... so viel trinken, daß ich euch alle unter den Tisch saufe... Und ich werde immer aufrecht stehen. Das ist etwas, was ich wirklich kann. Saufen und aufrecht stehen... Das soll mir einer nachmachen. Der Wein ist das Beste, was mir in meinem Leben passieren konnte.

Schon wieder diese Stimme. Dahinter das Heulen der Flugzeuge und der Sirenen. Lärm. Entsetzlicher Lärm.

„Ich habe Angst."

„Angsthase. Sie sind schon längst weg."

Ich fürchte mich aber trotzdem."

„Ich bin doch bei dir."

„Und bleibst du bei mir immer, wenn sie kommen? Wirst du mich beschützen?"

„Versprochen. Ich bin doch ein Mann."

Der Krieg sitzt noch ganz tief drinnen. Wie ein Parasit verbeißt er sich ins Gehirn. Seine Zähne sind scharf... seinen Krallen kann man nicht entkommen. Wenn du einmal so einen Parasiten im Kopf hast, hast du es nicht leicht. Er ist wie ein schizophrener Zwilling, der dir seinen Willen aufzwingt. Und einen Weg aus dem Dilemma des Widersprüchlichen zu finden ist beinah unmöglich. Wahrscheinlich werde ich ihn bis zu meinem Tod nicht loswerden, der kommt mit mir noch ins Grab und wird mir auch dort irgend etwas flüstern.

Der Krieg ist aus. Die Politiker haben ihre Papiere unterschrieben, sie haben sich gegenseitig die Hände geschüttelt... pfui... manche haben sich geküßt... aber es nutzt ihnen nichts... der Frieden ist nur auf dem Papier... nur auf dem dreckigen Papier... sie brauchen uns nichts vormachen... hier... hier in meinem Kopf wütet er weiter. Jede Nacht und jeden Tag. Ohne Ausnahme. Die Bomben und die Sirenen sind immer noch da. Laut, immer lauter... Jeden Tag und jede Nacht. Wann hören sie endlich auf?

Siehst du die Narbe auf meiner Stirn? Vierzehn Zentimeter ist sie lag. Von einer Schläfe bis zu der anderen. Hübsch verzweigt. Wie ein Stickereimuster. Ich weiß, was es zu bedeuten hatte... jetzt weiß ich es ganz genau... Sie wollten mir das Gehirn amputieren. Ich weiß, daß sie so etwas vorhatten. Sie wollten uns allen alles amputieren. Sie wollten aus uns willenlose Geschöpfe machen, die sich alles gefallen lassen. Hirnlos...

Die Narbe ist meine geheime Kriegsauszeichnung. Andere tragen Medaillen an der Brust und ich ein Stück zerfetzte Haut auf der Stirn. Damit es jeder sieht. So wird sich immer wieder jemand fragen - woher hat er das? - und dann muß er selber darauf kommen, daß so eine Narbe etwas mit Gewalt zu tun haben muß. Freiwillig läßt sich keiner so ein Muster auf die Stirn „sticken“. So gesehen ist meine Stirn ein Ausstellungsobjekt, viele solche Stirnen eine Galerie der Grausamkeit. Zeigt her alle eure Stirnen, zeigt her, wo man euch weh getan hat! Bürger, wehrt euch!

Es war ein Granatsplitter, nur so... ohne einen besonderen Anlaß. Nicht, daß ich ein schlechter Mensch wäre... das sicher nicht... ich bin Bosnier und das war Grund genug Granaten nach mir zu werfen. Und geschossen haben sie... immer wieder geschossen... tagelang... in meinen Ohren höre ich es immer noch... Kracher und noch einer und noch einer... viele Kracher... ungezählte Bomben.

Aber das alles liegt jetzt hinter mir. Und ein persönlicheres Andenken an den Krieg kann man gar nicht haben. Immer, wenn ich in den Spiegel sehe, werde ich daran erinnert. Und weißt du, was ich dagegen tue...? Ich rasiere mich ohne Spiegel. Blind. Ganz einfach. Das ist meine Rache. Manchmal schneide ich mich und blute dann, aber das ist nur ein kleiner Schnitt... völlig harmlos... eigentlich nichts verglichen mit der alten Wunde auf der Stirn. So ein kleiner Schnitt mit der Rasierklinge... Manchmal inspiriert er mich zu sündhaften Gedanken... Ein kleiner Schnitt. Tief ins Fleisch. An der richtigen Stelle. Mit viel Blut und Dramatik. Ein Abschiedsgeschenk an diese Welt... Aber die Freude mache ich ihnen nicht. Ich nicht. Ich habe Sarajevo überlebt und ich überlebe auch meine Narben und die Bomben im Kopf... Wer Sarajevo überlebt hat, ist unsterblich....

Ich brauche Wein, viel Wein. Und ein größeres Glas, ich muß den Kummer ertränken. Und den Schmerz... Aber die Quälgeister haben gelernt zu schwimmen. Und wenn ich auch noch so viel trinke, schwimmen sie an die Oberfläche und grinsen mich an... Sei froh, mein lieber Freund, daß du auf die Liebe trinken kannst und nicht auf den Krieg...

Ich will lustig sein und tanzen und singen... trotz allem... oder gerade deswegen. „Kad ja podoch na Bendbasu, na Bendbasu na vodu... hmmmm.... hmmmm....hmmmm..... ja povedoh, bijelo jagnje, bijelo jagnje sa sobom. Sve devojke, Bednbasanke na kapiji stajahu, samo moja, mila, draga na demizli pendzeru. Hmmmm... hmmmmm.... hmmmm...“

Meine Mutter... sie sang das Lied so schön, wie keine andere. Ich erinnere mich, als wir noch Kinder waren, hat sie uns das Lied sehr oft gesungen.

„Mama, ich habe Hunger.“

„Ich auch.“

„Kinder, wir haben Glück. Für morgen hat mir der Kaufmann frisches Brot versprochen. Freut ihr euch...? Ganz frisches Brot.“

„Ich habe aber jetzt Hunger.“

„Mir knurrt der Magen.“

„Es wird alles gut. Es wird alles wieder gut.“

„Versprochen?“

„Es wird alles gut.“

Ich möchte dir meine Mutter zeigen. Schau, da ist sie auf diesem Foto. Es ist schon ein wenig vergilbt, aber man kann es noch deutlich sehen. Sie war eine schöne Frau. Razija hat ihr sehr ähnlich ausgesehen. Meine Mutter... und das hier sind Nina und Raza. Meine Schwestern. Und ich stehe in der Mitte. Die Nina war die Älteste, Raza die Jüngste. Und schau, das hier ist mein Vater. Der mit dem Schnurrbart... Damals waren wir eine Familie.

Warum denke ich heute so viel nach? Eigentlich wollte ich alles vergessen. Ich bin hierher gekommen, um alles zu vergessen. Den Hunger und den Tod... Das habe ich mir fest vorgenommen. Bedingungslos. Und das erfülle ich auch. Solche Treffen können wunderbar ablenken. Habt ihr gewußt, daß es nichts Besseres auf der Welt zum Ablenken gibt, als einige Tage in einem Hotel mit Überfluß? Mit goldenen Wasserhähnen, täglich gewechselter Bettwäsche und üppigen Büfetts? Schaut euch nur die vollen Tische an. Diese Verschwendung! Ich allein habe beim heutigen Abendessen so viel gegessen, wie während der ganzen Belagerung.

Und die hat einige Wochen gedauert. Ist das überhaupt notwendig? So viel Essen macht mich traurig.

Am liebsten würde ich jetzt weinen... losheulen und schreien... die Belagerung... mein Gott... Ich war damals so hungrig, daß ich nicht auf den Beinen stehen hab können. Entkräftet und ausgetrocknet... wie ein KZ-Häftling. Nur Haut und Knochen. Hilflos... Aufs Klo haben sie mich tragen müssen... Eigentlich waren wir damals nichts anderes als Häftlinge. Eingesperrt in der eigenen Stadt, durch den Hunger zur Aufgabe gezwungen... Es macht mich traurig... unendlich traurig... was ich hier sehe.

Kinder, Kinder... ihr wißt nicht, was Hunger heißt. Ich habe es heute im Speisesaal gesehen. Ihr stochert nur im Teller herum und schickt die halbe Portion zurück in die Küche. Wenn wir damals nur die Reste gehabt hätten... nur ein paar lausige Reste... mehr nicht, nur das, was die Hotelköche in die Container hinter der Küche werfen. Das, was jetzt die streunenden Hunde fressen... und die Katzen... Aber wir haben gar nichts gehabt... Wißt ihr, was wir gegessen haben? Das Futter aus den Matratzen! Das Roßhaar eingeweicht und gekocht, fein geschnitten... je nach Geschmack gezuckert oder gesalzen... Es wurde im Mund immer mehr, man konnte es nur mit viel Wasser hinunter würden... Und geschlafen haben wir dann auf nackten Brettern...

Eine Belagerung, wie wir sie damals hatten, wünsche ich euch nicht, ehrlich nicht, aber ein bißchen Armut, würde euch nicht schaden. Davon bin ich überzeugt. Die Armut macht edel, der Hunger kreativ... Wenn du ihn tagelang spürst, haßt du ihn, aber danach schätzt du den ersten Bissen Brot mehr als du ahnst... Das Brot ist mehr wert als Gold, mehr als alle Juwelen auf der Welt... Brot ist Leben... Nicht umsonst werden alle Kriege seinetwegen geführt. Es geht um nichts anderes, als um einen größeren Bissen, den man den anderen nicht vergönnt. Nicht der Hunger, sondern die Übersättigung und Gier sind der Motor aller Kriege.

Ich bin schon alt und mein Haar ist weiß. Und erst jetzt habe ich begriffen, was wirklich wichtig auf dieser Welt ist. Es ist nicht der Reichtum oder Erfolg... nicht einmal ein voller Teller... Es gibt noch etwas viel Wichtigeres... aber das wirst du erst später begreifen... Einmal, wenn du so alt bist, wie ich.

Wie alt schätzt du mich? Du kannst mir ruhig die Wahrheit sagen. Mir ist es egal. Die vergangenen Jahre sind mir unwichtig geworden, das einzige, was bei mir zählt, sind die Jahre, die mich noch erwarten...

Manchmal glaube ich, daß ich schon verrückt geworden bin. Viele Anzeichen sprechen dafür. Und auch manche Menschen klopfen sich auf die Stirn, wenn sie mich sehen. Es hat sich aber in meiner Brust so viel angesammelt... Gutes und Schlechtes... und in meinem Kopf jagt eine Erinnerung die andere... wie auf einer Achterbahn... Die Zeit ist unbarmherzig. Sie läßt sich nicht zum Stillstand bringen. Du kannst ihr nicht befehlen, bleib ein bißchen stehen, der Moment ist gerade günstig... wenn er nur ein paar Sekunden länger dauert, wäre ich beinah glücklich...

Siebenundsechzig Jahre liegen hinter mir. Ich kann mich an so viel erinnern, daß es mich selbst erschreckt. Und ein andermal denke ich, daß ich gar nicht gelebt habe... daß alles, was bis jetzt passierte, nur eine Vorbereitung auf das Leben war. Ein Wartezimmer... Aber wann beginnt endlich das verdammte Leben? Heute, morgen... oder in hundert Jahren...?

Sie sagten, daß der Krieg wichtig war. Wichtig für die Reinheit. Ethnische Reinheit. Jetzt sind sie alle rein. Die Serben und die Kroaten... so rein... wie das Blut an ihren Händen.

Wie kann aber jemand rein sein, wenn er getötet hat? Wie kann aber erst jemand rein sein, wenn er... tot ist?

Ich möchte schlafen oder tot sein... oder die Erinnerung verlieren. Auf einer Weinwolke der Wirklichkeit entfliehen. Mein Kopf ist schwer, meine bleiernen Glieder drücken mich zu Boden. Ausruhen... nur ein paar Minuten ausruhen... die müde Stirn auf die Hände legen und schlafen... Nur ein paar Minuten... die Sinne entlasten... nur ein paar Minuten...

Worüber haben wir gerade gesprochen? Ah... ich weiß schon. Von der Liebe. Darüber rede ich gern... Deine Freundin gefällt mir. Ihre Beine sind einsame Klasse... so nennt ihr das heute, nicht wahr? Einsame Klasse... Meine Maria war auch einmal so schön. Auch eine einsame Klasse. Ein rassiges Weib voll von Energie. Gut in der Arbeit, anschmiegsam im Bett. So, wie sich's gehört... Sie war so warm... du kannst es dir gar nicht vorstellen, wie angenehm warm sie als junge Frau war... und sie duftete nach frisch geerntetem Weizen... bei ihr zu liegen heißt Heimat für mich. Verstehst du das? Es ist wie in einem Nest mit ihr... angenehm gemütlich... meine Maria und ihr Weizenduft...

Wir haben eine Tochter... eine großartige junge Frau, auf die ich stolz bin. Sie ist Professorin an der Universität. Ihr Mann auch. Die zwei unterrichten ganz wichtige Dinge, von denen ich, alter Esel, keine Ahnung habe. Aber das macht nichts. Auch Idioten muß es geben. Warum sollte gerade ich keiner sein? Die zwei sind so gescheit... viel zu gescheit für mich. Eigentlich habe ich nichts dagegen, wenn die Küken den Hahn belehren... wenn sie etwas zu belehren haben. Und sie haben es... zumindest sie glauben es... Und ich bin schon längst Großvater. Schau... da auf dem Bild... das ist meine Enkelin. Lana heißt sie... Als dieses Foto aufgenommen wurde, war sie erst vier.

...und ich schreibe immer noch Gedichte. Dieses Manuskript wird mein neues Buch werden. Das sechzehnte. Der Verleger wartet schon ungeduldig darauf. Er soll nur warten. Ich gebe ihm den Text erst dann, wenn ich es für richtig halte. Die Zeiten sind vorbei, als ich den Verlegern nachlaufen mußte... jetzt laufen sie mir nach... und es macht mir nicht einmal Spaß. Unglaublich... manche halten mich deshalb für einen Spinner... Und was ist mit euch? Sagt ihr auch, daß ich ein Spinner bin?

Mein ganzes Leben lang habe ich Gedichte geschrieben. Manche haben gesagt, daß Gedichte schreiben keine Arbeit sei... Haben die eine Ahnung! Es ist Arbeit und was für eine... Ich schreibe Gedichte, weil ich... Frag mich nicht so einen Unsinn! Ich schreibe Gedichte, weil ich Gedichte schreiben will. Und muß. Punkt und basta! Ich kann nicht anders. Und die Menschen lesen meine Gedichte. Das ist das Einzige, was zählt. Sie lesen sie, weil sie spüren, was ich fühle. Ich muß ihnen nicht von meinem Schmerz erzählen, sie spüren ihn. Und auch meine Freude... und Haß. Meine Gedichte... ah... Wenn du willst, schreibe ich auch für dich ein paar Zeilen. Na und? Schau mich nicht so ungläubig an. Auch eine Stoffserviette hat Anspruch auf ein bißchen Poesie... geistige Ergüsse... Sei nicht kindisch... Wenn du nur wüßtest... vor mir ist nichts sicher. Ich schreibe überall und auf alles, was ich erwische... Stoffservietten, Tischtücher, Hemden... Stört es dich? Manchmal lassen es mich die Kellner bezahlen... Na gut, ich bezahle den Lappen, irgendwo muß aber der Mensch schreiben, wenn kein Papier da ist. Die Stoffserviette ist optimal... Sie ist sogar sauber... ohne Flekken... Keine Angst, es sieht uns sowieso keiner...

Oder noch besser... Ich schreibe ein Gedicht für deine schöne Freundin. Es ist ein Geschenk. Von mir für deine aufregende Begleiterin. Weil ihre Augen so wunderschön blau sind. Mit einem grünen Schimmer. Wie dieser See da draußen. Paß auf, daß du dich nicht darin verlierst. Solche Augen sind gefährlich, ich kenne mich aus. Du schaust tief hinein und noch tiefer und schon bist du verloren... Ihre Augen und der See da draußen. Die Ähnlichkeit ist verblüffend. Nicht nur die Farbe, sondern auch die Tiefe... Ihre Augen und der See... einmalig. Daß mir das früher nicht aufgefallen ist. Mein Freund, denke an meine Worte. Verliere dich nicht in solchen Augen. Nicht in diesen und in keinen anderen. Bleibe immer ein Mann. Auch wenn du eine schöne Nacht erlebt hast... tausend schöne Nächte, bleibe immer du selbst. Du allein... Vergiß nicht, daß du immer allein bist, auch wenn sie da ist, auch wenn viele da sind. Letztendlich sind wir alle immer allein, auch wenn wir es nicht zugeben wollen. Das ist auch eine Art der Betäubung, mein lieber Freund, sich unter die Leute zu mischen um die eigene Einsamkeit zu überlisten. Aber man kann nur andere betrügen, niemals sich selbst. Hast du das gewußt? Unser Unterbewußtsein ist nicht so dumm, wie wir es glauben. Es läßt sich nicht austricksen...

„Was kann ich tun/ wenn ich alt und grau bin/ ich kann nur zum Friedhof gehen/ mir einen Platz suchen..." Ist das ein Gedicht? Das glaube ich kaum. Das Geschreibsl gefällt mir selber nicht. Verzeihe, das gilt nicht. Ein anderes... es muß ein besseres hier sein. Vielleicht dieses...

„Sem smrti/ meni se veæ sve dogodilo./ Mogu obicí još koju zemlju/ mogu stecí još kojeg prijatelja/ mogu (zašto ne) dobiti neki orden/ (bio bi to prvi orden u mom životu/ ali/ sve u svemu/ sem smrti/ meni se veæ sve dogodilo./ To da svojim odlaskom/ ne ranim one koje volim i koji me vole/ jedina je stvar/ koja me još drzi za ovaj život."[8]

8

Außer dem Tod/ habe ich schon alles erlebt./ Ich könnte noch irgendein Land durchziehen,/ ich könnte (warum nicht?) irgendeinen Orden bekommen (das wäre der erste Orden in meinem Leben,/ aber/alles in allem habe ich/ außer den Tod/ schon alles erlebt./ Daß ich mit meinem Weggehen/ nicht jene verwunde, die ich liebe und die mich lieben,/ ist die einzige Sache,/ die mich noch an diesem Leben hält.

Es ist für euch. Von mir. Vielleicht denkt ihr einmal an mich. An den alten Narr, der euch den Abend verdorben hatte... Ich bin betrunken... Entschuldigt, wenn ich euch belästigt habe. Aber es sind meine Gedichte... Aus meinem Kopf und aus meinem Herzen. Gedanken eines wirren Dichters. Nein, du brauchst dich nicht zu bedanken, solche Gaben verteile ich jeden Tag. Ich bin ein Volksdichter, mußt du wissen. Einer zum Anfassen. Die Gedichte, die ich schreibe, gehören mir nicht... sie... sie gehören all denen, für die ich sie geschrieben habe. Man kann sie von mir überall haben... in der Straßenbahn... im Autobus... Einmal habe ich einer Schönen ein Gedicht auf den Bauch geschrieben. Es war auch an einem See... und ihr Bikini war sehr knapp... Es war ein sehr langes Gedicht, das vom BH bis zum Höschen reichte... Und ihr Freund schäumte vor Wut und wollte mich danach verprügeln... aber die anderen haben mich verteidigt. Ah ja... das waren noch Zeiten!

Wie hast du gesagt, daß du heißt? Bernard... ein Franzose bist du? Bernard, der Franzose... Du bist jung, ein Mann im besten Alter , das war ich auch, bevor der Krieg bei uns ausbrach... Was habe ich nur heute mit dem Krieg? Ich will tanzen und lustig sein... Nicht jammern. Warum sollte ich? Das Leben ist doch so schön. Wunderschön. He, Kapellmeister! Was ist mit der Musik? Warum die Totenstille? Sind wir auf einem Begräbnis oder was? Es gibt nichts Schöneres auf der Welt als das Tanzen, Singen und Trinken... Wollt ihr nicht auch tanzen? Ah, so jung und schon so träge... Ich in eurem Alter... Ich war der Parkettlöwe Nummer eins in Sarajevo. Die Mädchen haben sich buchstäblich die Haare gerauft, wenn ich mit ihnen nicht tanzen konnte. Aber es ging nicht mit jeder... Und wählerisch war ich auch. Aber das konnte ich ihnen nicht sagen. Oder würde das eine verstehen, wenn ich ihr sagen würde - Ich tanze mit dir nicht, weil du einen zu großen Hintern hast und aus dem Mund stinkst? Und trotzdem... durch das Tanzen habe ich die schönsten Frauen kennengelernt...

Und schon wieder dieser Durst... der nie endende Durst... mein größter Feind. Mein Glas ist wieder leer. Schenkst du mir ein...? Bernard, du gefällst mir... Ah, danke, jetzt weißt du zumindest, was ich zum Glücklichsein brauche. Ein Glas und eine Zigarette... und ich bin glücklich, wie ein Kind. Bernard, bist du glücklich?

Glaubst du an Gott? Oder an Allah? Glaubst du, daß es ihn wirklich gibt... den großen Herrn mit einem weißen Bart, der alles über uns weiß...? Glaubst du, daß, wenn es ihn gäbe... Machst du dir auch manchmal solche Gedanken? Über Gerechtigkeit, Sinn und Unsinn... darüber, was Gott so den ganzen Tag macht... Ob er alle beschützt oder nur manche, Auserwählte... seine Liebkinder... In der Kirche sagen sie, daß er uns alle liebt. Glaubst du daran? Und daß er uns alle sieht. Immer und überall. Aber wo war er verdammt, als wir ihn brauchten? Wo war er, als tausende von uns starben...? Verhungerten... Wo war er, als wir ihn beschworen... anflehten... uns zu helfen?

Hast du schon ein Minenopfer gesehen? Ich meine wirklich, nicht im Fernsehen. Im Fernsehen sieht alles wie ein Spiel aus. Da stirbt einer und im nächsten Film ist er wieder da... vielleicht in einer Komödie. Und ihr glaubt, daß es so normal ist. Die Abgeknallten stehen wieder auf. Immer und immer wieder. Das alles ist nicht echt... Nur ein Spiel, ein lustiges Spiel mit Schauspielern, die man nach Belieben in verschiedenen Rollen einsetzen kann. Aber so ist es nicht, mein lieber Freund. Die Wirklichkeit, die wirkliche Wirklichkeit ist ganz anders. Kannst du es dir vorstellen, wie ein Oberschenkelstumpf blutet? Wie ein zertrümmerter Knochen aussieht? Mit allen Splittern und zerrissenen Sehnen? Oder ein zerquetschtes Gehirn auf dem Pflaster...? Wie ein

„Gespiebenes“ sieht es aus. Das sage ich dir. Wie ein „Gespiebenes“. Nicht mehr und nicht weniger. Ein Gehirn auf dem Straßenpflaster, da hört sich alles auf. Der Mensch wird zu einer „Kotze“ degradiert. So weit sind wir an der Schwelle ins dritte Jahrtausend. Der Mensch ist nicht mehr und nicht weniger als Kotze auf dem Pflaster.

Wo waren Gott, Allah und all die anderen, als man uns vernichten wollte? Waren sie gerade auf Urlaub... auf Mallorca vielleicht... oder waren wir ihnen egal...? Wo waren all diese ehrwürdigen Herren, als sie die Möglichkeit hatten zu beweisen, daß es sie wirklich gibt? Daß die Kirche nicht nur die Erfindung der Angst, sondern des Geistes ist. Wo waren diese Geister, wenn es sie wirklich gibt?

Sarajevo war eine schöne Stadt. Für mich die schönste. Dort bin ich geboren und dort lebe ich. Ich lasse mich nicht vertreiben... oder erschießen... Es ist meine Stadt und ich gebe sie nicht her. Warum auch? Nenne mir einen vernünftigen Grund, warum ich es tun sollte. Warum ich auf meine Heimat verzichten soll. Sarajevo ist wie ein Schwan unter den Städten... stolz... mit einem langen Hals, den er im richtigen Moment einziehen kann. Aber ergeben... niemals! Dazu sind wir Bosnier nicht auf der Welt. Ich ergebe mich nicht... lieber sterbe ich. Ein Bosnier liebt, was er sein eigen nennt.

Wo sind all die anderen? Schon schlafen gegangen? So früh? Es ist nicht einmal Mitternacht. Sie halten nichts aus, diese jungen Leute. Wir Alten müssen die Stellung halten... Man trinkt und trinkt... und opfert sich... und keiner dankt es einem. Und sie wollen Delegierte sein! Repräsentanten ihres Landes! Bei einem Weltkongreß der Schriftsteller. Zu einem weltbewegenden Thema: *Die Rolle des Schriftstellers im Krieg. Esprit maudit, der verdammte Geist. Die Konfrontation mit dem kalten Krieg, mit den Zivilisationen, Religionen und Kulturen. Krieg als Videospiel...* bla, bla, bla...

Ich verrate dir etwas. Ich höre mir die Vorträge gar nicht an. Mich interessiert das Theoretisieren nicht. Entschuldige, aber ich scheiß mich an bei dem Palaver. Mir kommt das Kotzen hoch, wenn sich irgendein unbedeutendes Würstchen an das Rednerpult stellt und Phrasen drischt. Die Herren und Damen Schriftsteller... Was wissen sie schon vom Krieg? Was wissen sie schon von dem Gefühl, morgen vielleicht erschossen zu werden? Die wissen ja gar nicht, wovon sie reden!

Was für eine Rolle kann ein Schriftsteller schon im Krieg haben? Genau die gleiche, wie im Frieden. Schreiben, Maul aufreißen, frech sein, den Bonzen die Masken runterzureißen... Dazu brauche ich keinen Weltkongreß... und schon gar nicht dieses protzige Hotel, das Badezimmer aus Marmor, die aufgeplusterten Kellner, die sich wundern, daß mir die Bohnen besser schmecken als Kaviar.

Solche Hotels sind nur für Angepaßte gut. Ferngesteuerte Marionetten, die einen fremden Willen, ohne es selbst bemerkt zu haben, zum eigenen gemacht haben. Ich küsse ihre Hand, Madame... Darf ich Ihnen das Hündchen abnehmen...? Ah so was...! Es hat mich angepinkelt... das blöde Vieh... Wir hätten da ein spezielles Menü für Ihren Liebling... Pudelwürstchen mit Truthahnspitzen auf Spinatnokkeln... Schon wieder! Hat der Köter eine Blasenentzündung? Nehmen Sie mir das Monster ab!

Ja, so ist es. Die Damen und Herren Schriftsteller fühlen sich in solchen Hotels wohl. Sie werden verwöhnt, sie bekommen das Gefühl, daß sie jemand sind. Man grüßt sie freundlich, sie grüßen freundlich zurück, gegenseitig beweihräuchern sie sich wegen ihrer schwachsinnigen Texte, gratulieren einander zu den Literaturpreisen, obwohl sie insgeheim nur sich selbst für preiswürdig halten... Die Welt scheint in solchen Hotels in Ordnung zu sein.

Aber hier... in meinem Kopf... ist sie gar nicht in Ordnung. Hier fallen immer noch Bomben und Granaten... hier wird noch gekämpft... mit scharfen Patronen geschossen... So sieht es hier aus, wie dieses zerbrochene Glas... lauter Scherben... Splitter... so, so... Eine Bombe und noch eine... keiner hört es, nur ich. Ein Kracher und noch einer... und noch einer... Warum nicht? Hört euch das alle an! So laut klingt es... Das macht Spaß! Endlich knallt es nicht nur in meinem Kopf! Endlich knallt es so, daß es alle hören. Kommt alle her und hört euch das an...! So knallen die Bomben... Keine Bange, Herr Ober. Die Rechnung geht auf mich. Zimmernummer 220. Schreiben Sie alles auf! Kein Problem... Morgen ist der Zahltag... an der Rezeption... Sie können sich auf mich verlassen...

Nicht einmal das bißchen Freude vergönnen sie dem alten Mann. Was machen schon die paar zerbrochenen Gläser... die kleine Entladung... Was macht das schon? Die Scherben kann man im Nu wegräumen... aber die Bomben im Kopf bleiben. Ah, wäre das schön, wenn ich in meinem Kopf mit Besen und Schaufel aufräumen könnte...

Manchmal träume ich vom Frieden. Von der Zeit, als ich noch jung war. Und ich sehe mich immer als einen Draufgänger, der die Welt aus den Angeln heben wollte. Ich hatte so viel vor... ich wollte so viel bewegen... bleibende Spuren hinterlassen... damit man sich an mich erinnert...

Wenn ich es zusammenbrächte, würde ich aufhören zu schreiben. Ich möchte mit diesen Windbeuteln, die aus Nichtigkeiten Literatur machen, nichts zu tun haben. Ich möchte mit ihnen nicht verglichen werden. Aber ich kann nicht aufhören zu schreiben. Irgend etwas zwingt mich weiterzumachen. Eine innere Stimme, die mir ständig zuflüstert, dein Auftrag ist noch nicht erfüllt. Izet, mach weiter... da gibt es jemanden, der auf deine Gedichte wartet... der sie vielleicht braucht....

Einmal habe ich gelesen, daß Literatur Leben retten kann. Ich weiß nicht, ob ich es bestätigen kann... aber etwas Wahres ist schon dran... Mein Leben hat sie jedenfalls gerettet... Ah... wenn das Leben nicht so kompliziert wäre. Was wäre dann? Wären wir immer noch so kompliziert, wie jetzt?... Jetzt werde ich philosophisch... das steht mir nicht...

Du bist ein Dichter und ich bin ein Dichter. Na so ein Zufall! Alle bei diesem weltbewegenden Schriftstellertreffen nennen sich Dichter oder Schriftsteller... aber das eine steht für mich fest. Nicht alle sind es wirklich. Sie tun nur so. Ich habe eine Nase dafür, wer ein echter Dichter ist und wer nicht. Man sieht es den Menschen an, ob sie etwas können... an ihren Augen... daran, was sich hinter diesen Augen abspielt. In dem Glanz hinter den Pupillen... Die Augen sind die Fenster in die Seele. Sind sie klar und tief, dann... könnte etwas dran sein... aber nicht immer... Es ist eine Wissenschaft es herauszufinden... Ich beschäftige mich gerne damit, was die Menschen hinter ihrer Fassade verbergen. In den meisten Fällen errate ich es auch. Das macht die Übung... und Lebenserfahrung... Mir entgehen die kleinen Lügen nicht.

Dir glaube ich, daß du gute Gedichte schreibst... Ich traue es dir zu. Und glaube ja nicht, daß das jetzt ein Kompliment ist. Komplimente sind nicht meine Sache. Und sie waren es auch nie. Alles, was ich sage, meine ich auch so. Ich habe es nicht notwendig, mich hinter Schmeicheleien zu verstecken. Ich weiß nicht, warum ich dich für einen guten Dichter halte, aber ich traue es dir zu. Auf den ersten Blick. Vielleicht ist es die Art, wie du deine Freundin berührst, die mich überzeugt oder wie du sprichst, aber vor allem, wie du schweigst. Ja, auch das Schweigen gehört zum Dichten...

Razija, meine Schwester, hat auch gute Gedichte geschrieben. Solche, die ins Herz gegangen sind. Ich habe sie sehr gern gelesen. Aber seit damals rührte ich sie nicht mehr an.

Ich kann es nicht mehr. Ich kann es nicht. Ich verstehe mich selbst nicht mehr, aber seit sie nicht mehr unter uns ist, kann ich ihre Bücher nicht angreifen. Am besten wäre es, ich verbrenne sie oder werfe sie ins Wasser... Wozu sind sie noch da? Wozu stehen sie im Regal... wenn sie nicht mehr da ist...? Es war nicht einfach für uns. Nina, meine ältere Schwester, war verstorben. Wir haben sehr um sie getrauert, aber der Arzt hat gesagt, sie hatte einen schönen Tod gehabt. Was heißt es, ein schöner Tod? Schnell... ist schnell schön? Je schneller, desto schöner? Wartet nicht lange. Sterbt so schnell wie möglich... es wird wunderschön sein!

Nina hatte Krebs, so wie unsere Mutter. Nur ihr Kampf hat nicht so lange gedauert. Kaum haben wir es erfahren, war sie beinah tot. Es war ein Schock. Geblieben sind nur Razija und ich. Gegenseitig haben wir uns getröstet. Sie mich und ich sie. Obwohl sie meine kleine Schwester war, hat sie mir viel Kraft gegeben... Ohne sie wäre ich damals verloren gewesen. Fünfzig Tage sind vergangen in Trauer und Fassungslosigkeit. Fünfzig Tage des hilflosen Aufbäumens gegen das Schicksal.

Razija ging gerade aus unserem Haus. Maria und sie flickten den ganzen Nachmittag die Wäsche... aus zwei zerrissenen Hosen habe sie eine gemacht, aus zwei Hemden ein Kleid, aus ein paar Resten Taschentücher... Schön haben sie es genäht... vor allem erfinderisch. Mir würden solche Tricks nie im Leben einfallen. Auf einmal hatten wir wieder brauchbare Kleidung.

Ich stand am Fenster... und wollte Razija mit meinem Blick nach Hause begleiten, sie wollte es immer so, schon als ein kleines Mädchen hat sie sich im Dunkeln gefürchtet und ich, der große Bruder, ging überall mit ihr mit... Im Krieg, im Hitlerkrieg... da war es auch so. Sie hat schreckliche Angst vor den Bombenfliegern gehabt. Wie alle Mädchen.

„Ich habe Angst“, ich höre immer wieder ihre Stimme. Als ob sie da wäre. „Bitte, komm mit mir. Ich habe Angst. Bitte, bitte... laß mich nicht allein.“

Na ja, es ist jetzt egal... Ich habe versagt... Nur ein paar Schritte hat sie gemacht... nicht einmal ihr Haus hat sie erreicht... Es ging alles so schnell. Ich kann mich nicht erinnern, daß ich den Schuß gehört hätte. Sie lag plötzlich auf der Straße, Blut floß aus ihrem Kopf und ich stand am Fenster und dachte, das sei alles nur ein Film, ein schlechter Film, keine Wirklichkeit... In Wirklichkeit ist Razija zu Hause und übersetzt den Schundroman aus dem Italienischen, nur damit sie ein bißchen Geld verdienen kann. Verschwende dein Talent nicht, habe ich ihr damals gesagt, aber sie wollte es so... ein Verlag hat ihr die Arbeit angeboten, schrecklich schlecht bezahlt und noch dazu keine Literatur... eben Schund... aber sie hat es nur für das Geld gemacht.

„Ich habe solche Angst. Kommst du ein Stück mit?“

„Du brauchst keine Angst zu haben. Ich bin doch bei dir.“

„Und wirst du auch immer da sein, wenn ich dich brauche?“

„Mein Ehrenwort. Ich bin doch ein Mann.“

Ich habe versagt. Ich habe so jämmerlich versagt, wie man nur versagen kann

Jetzt lag sie auf der Straße und Blut floß aus ihrem Kopf. Meine Frau schrie und auch auf der Straße schrie jemand um Hilfe und ich stand noch immer am Fenster und wollte nicht begreifen, was passiert war. Maria riß an meinem Ärmel und zerrte mich aus dem Haus. Rund um meine tote Schwester versammelten sich einige Nachbarn und beteten. Draußen angekommen, habe ich immer noch nicht begriffen, was passiert war. Ich nahm Razijas Kopf in die Hände und hob ihn ein bißchen. Er war schwer und warm vom Blut. Sie sah mich aus weit offenen Augen an, als ob sie sagen möchte, laß mich nicht allein, komm ein Stück mit, mein großer Bruder, sei mein Beschützer, wie damals, als wir noch Kinder waren...

Ich habe versagt. Der Krieg hat mich überlistet. Der alte Fuchs... Ausgelacht hat er mich... Wie kann ich ihm das nur zurückzahlen? Das spüren lassen, was ich spüren mußte.

Wir haben Razija ins Haus getragen und sie aufs Bett gelegt. Ihre Seele war schon im Himmel, der Körper noch bei uns. Langsam kühlte er aus, die Totenstarre verzerrte ihr Gesicht. Meine Schwester war tot, die Nacht erhellt von Schüssen, mein Herz voll von Haß. Ich habe meine Schwester verloren. In einem sinnlosen Krieg, den ich nie verstanden habe. Sie war tot und lag bei uns auf dem Bett im Schlafzimmer. Maria und ich übernachteten auf der Bettbank in der Küche, nur damit es Razija schön bequem hatte. So lange sie bei uns war, so lange wir sie noch nicht begraben hatten, sollte sie sich wohl in unserem Haus fühlen. Wie immer, wenn sie auf einen Kaffee kam... oder nur tratschen... Sie kam sehr gern... Warum auch nicht? Sie und meine Frau haben sich blendend verstanden. Schon vor unserer Hochzeit waren sie Freundinnen.

Wir haben einen Arzt gebraucht. Einen Arzt für eine Tote. Einen Arzt, der den Totenschein ausstellt, damit wir Razija begraben konnten. Wir brauchten einen Arzt für eine Tote in der zerbombten Stadt Sarajevo, in einer Stadt, wo es nicht genug Ärzte für die Lebenden gab... für die Verletzten, Verkrüppelten. Wir haben einen Arzt gebraucht für Razija, meine tote Schwester. Drei Tage lang haben wir nach ihm gesucht. Drei Tage lang hat Razija auf unserem Bett im Schlafzimmer ihre Totenruhe gesucht... Sie konnte sie nicht finden... Sie konnte sie nicht finden, weil sie wußte, sie wußte es auch als Tote, daß sie nur in der Erde zu Asche werden konnte. Daß sie die Erde brauchte, um ihre ewige Ruhe zu finden.

Der Arzt kam nach drei Tagen und bestätigte offiziell, daß Razija tot war. Ihr Leichnam roch süßlich, den Geruch vergesse ich nie... Im Krieg, im Hitler-Krieg habe ich ihn auch ein paarmal gerochen... aber in den eigenen vier Wänden ist es doch etwas anderes... und noch dazu meine Schwester... Razija... Meine kleine Schwester... auf die ich aufpassen sollte... Ich kann nicht mehr... Nicht einmal der Wein schmeckt mir...

Warum schaut ihr mich so an? Habe ich euch erschreckt? Das wollte ich nicht. Wirklich nicht... Wir wollten heute lustig sein und singen und tanzen... und ich, alter Esel, verderbe euch jede Unterhaltung. Seid ihr mir wirklich nicht böse? Wir könnten doch weiter machen. Soll ich Musik bestellen... oder noch Wein? Der schmeckt gut, nicht wahr? Der Wein aus dieser Gegend ist exzellent. Wir könnten auch singen.. Alles, was ihr nur wollt...

Na gut, ich erzähle euch die Geschichte weiter, aber ich warne euch. Sie ist nicht lustig. Sie ist alles andere, als lustig. Keine der Geschichten aus Sarajevo ist lustig.

Also... Ich hatte den Totenschein, aber kein Benzin im Auto. Mein Wagen stand seit dem Kriegsanfang ohne Sprit... nur ein Haufen Blech... sonst nichts... Für die Zeit normal... Ich rege mich nicht mehr auf... Warum auch? Fast jedes Auto in Sarajevo war nur ein Haufen Blech... Es war so, die Tankstellen waren leer, das Benzin wurde nur an Militärsfahrzeuge ausgegeben, die Privatautos... Ihr könnt euch das sicher nicht vorstellen... jahrelang ohne Benzin, aber mir hat es damals nicht viel ausgemacht... Ich war halt zu Hause und schrieb meine Gedichte... vielleicht wird sie einmal einer lesen... habe ich mir gedacht... Was weiß ich... Einmal, wenn die Menschen sich nicht nur ihr Essen, sondern auch Bücher leisten können...

Wenn ich ehrlich sein soll, haben wir damals das Benzin gar nicht gebraucht. Wir verließen selten das Haus und wenn, dann nur, um das Essen zu besorgen... Aufs Land zu fahren hätte ich mich nicht getraut... dort waren die Tschetniks... die Vergewaltiger. Die Schänder bosnischer Frauen... Habt ihr davon gehört, was sie ihnen angetan haben? Wie die Tiere haben sie sich benommen, schlimmer noch... Ein Tier hat mehr Respekt vor seinesgleichen...

Sie haben ihnen Bastarde in die Bäuche gespritzt als eine Erinnerung an ihre Macht. Serbische Bastarde in den Eingeweiden bosnischer Frauen... Uterus als Zwischenlagerung für einen Hundesohn. Eine schöne Männlichkeit... ein schöner Wahn... ein eigenes Kind mit Gewalt und Haß zu zeugen. Das kann nur eine Bestie der übelsten Sorte!

Ich will mich heute nicht aufregen. Ich soll mich schonen, hat der Arzt gesagt... die Pumpe ist nicht mehr intakt... Und auch der Wein... es war vielleicht doch zu viel... ist schon egal... Aber zurück zu Razija. Ich ging in ihr Haus und suchte den italienischen Roman, an dem sie zuletzt gearbeitet hatte. Das Manuskript lag säuberlich auf ihrem Schreibtisch neben der Schreibmaschine. Eine feine Staubschicht bedeckte alles, sonst war alles so, wie immer... sogar ihre Lesebrille lag noch offen darauf.

Die Übersetzung war zweihundertsiebzig Seiten lang, die restlichen dreißig Seiten hätte Razija in den nächsten Tagen geschafft... Sie war eine schnelle Übersetzerin. Vor allem dann, wenn sie sich etwas in den Kopf gesetzt hatte. So, wie diesen Text. Warum sie so versessen darauf war, begreife ich bis heute nicht. Das konnte doch nicht nur das Geld gewesen sein... Oder doch...?

Ich haßte diesen Roman und ich haßte es, daß sie ihn nicht beenden durfte... diesen Schundroman, den sie, hätte es diesen Krieg nicht gegeben, niemals übersetzt hätte. Dafür hätte ich schon gesorgt. Razija hörte auf mich. Sie vertraute meinem Urteil, was die Qualität betrifft... Wir haben uns oft beraten...

In meiner Ohnmacht spürte ich einen Drang nach Rache. Ich nahm die zweihundertsiebzig Seiten in die Hand und warf sie mit einer Wut im Bauch aus dem Fenster. Meine Frau, die mich auf der Straße suchte, sah, was ich getan hatte und lief den losen Blättern nach, die der Wind davon trug. Es sah unheimlich komisch aus... Wie eine Parodie auf ein Ballett. Eine alte Frau rennt fliegenden Blättern nach... sich bückend und springend... stellt euch das nur vor... ihr Rock flatterte dabei wie eine Fahne...

Bist du verrückt geworden, schrie sie mich an, die fehlenden Kapitel wird schon jemand übersetzen und wir bekommen Geld dafür... ein bißchen weniger, aber doch Geld für Brot und Milch... Mann, du weißt nicht, was du tust... Sie sammelte die weißen Blätter ein, bückte sich immer und immer wieder zum Boden und murmelte dabei laut. Sie schimpfte, ich wußte es. Sie schimpfte mit mir nicht oft, mit der Frau habe ich ein großes Los gezogen, sie hat während unserer langen Ehe wirklich nicht viel mit mir geschimpft, aber damals verging sie im Schimpfen. Und Fluchen. Sie war sehr böse mit mir, weil sie es nicht verstand, warum ich es getan hatte.

In diesem Augenblick war es mir aber egal. Ich nahm ihr die beschriebenen Seiten aus der Hand und ging damit ins Haus. Maria folgte mir. Noch bevor sie etwas sagen konnte, warf ich den Haufen Papier in den Ofen. Das Feuer verschlang die monatelange Arbeit in einigen Sekunden. Flusch hat es gemacht und alles, was übrig geblieben war, war fliegende

Asche, die sich im Zimmer wie ein feiner Staub verteilte. Hartnäckig... in allen Ecken und Ritzen... Wir haben den Staub bis heute nicht vollständig entfernt. So gesehen ist Razija immer noch bei uns... Auf dem Schrank und hinter den Betten, in den Fugen im Holzboden... makaber... aber wahr...

Wenn Razija tot ist, ist auch ihre Arbeit tot, sagte ich zu Maria. Wir werden uns doch nicht an ihrem Tod bereichern wollen. Maria sagte nichts mehr. Jedes Wort war überflüssig. Nur ihre Augen... ihre Augen hatten einen eigenartigen Glanz. Minuten später hörte ich aus dem Gang ihr verhaltenes Schluchzen. Sie weinte nicht oft. Sie gehört nicht zu den hysterischen Weibern, die ihre Männer mit Tränenfluten erpressen... Das schätzte ich an ihr... Deshalb haben mich ihre Tränen berührt. Aber noch mehr berührte mich, daß mich Razija nie wieder um etwas bitten wird können. Erst dann wurde es mir richtig bewußt, wie wichtig es für mich war, ihr Beschützer zu sein.

„Ich habe Angst."

„Angsthase. Angsthase."

„Warum lachst du mich aus?"

„Ich meine das nicht ernst."

„Warum tust du es dann?"

„Weil du ein Mädchen bist."

„Kommst du ein Stück mit? Wirst du mich beschützen?"
„Sicher. Ich bin doch ein Mann."

Razija war tot und ich mußte sie begraben. Der Friedhof lag weit hinter der Stadt. Damit ich sie hinausbefördern konnte, mußte ich ein Fahrzeug benützen. Aber was für eines? Wenn ich Benzin bekomme, wenn ich meinen Wagen dazu bringe, daß er startet... Ich zerbrach mir tagelang den Kopf darüber, wie ich meine tote Schwester auf ihrem letzten Weg begleiten werde.

Protektion war nie mein Fall. Ehrlich nicht. Ich habe es nie ausgenützt, daß ich bekannt war. Ich bin in Bosnien ein angesehener Mann... Ich bin einer der besten Dichter im Land... Habe ich es dir schon gesagt? Ich schreibe Gedichte, die meine Leser begeistern... Bei den Lesungen sieht man es am besten... Sie kommen in Scharen, meine Fans... es sind viele junge Menschen dabei... Studenten... Das freut mich am meisten, wenn sich die Jugend für meine Literatur interessiert. Die Jugend ist der Spiegel der Gesellschaft. Das haben schon Gescheitere als ich gesagt... Und wenn sie zu meinen Lesungen kommen... Was kann sich ein Dichter wie ich mehr wünschen?

Ich habe einige Gedichte mit. Wo habe ich nur das Manuskript hingetan? Es war doch die ganze Zeit hier. Im Alter wird man vergeßlich. Hast du es irgendwo gesehen? Es muß doch wo sein. Na ja, es ist egal. Es war nur Papier. Beschriebenes Papier. Weiter nichts. Und es wird sicher irgendwann auftauchen. Oder habe ich es schon dem Verleger gegeben? Egal...

Wo bin ich stehen geblieben? Ah so... Ich hatte kein Benzin für mein Auto. Aber ich brauchte es ganz dringend. Ohne Benzin war die Fahrt nicht möglich... Wie denn auch? Und zu Fuß? Mit einer Toten auf der Schulter...? Ich war verzweifelt. Wie sollte ich es nur anstellen? Verdammt noch einmal, es muß sich doch einer finden, der mir ein paar Tropfen Benzin schenkt, damit ich meine tote Schwester begraben kann.

Wozu bin ich dann ein berühmter Dichter? Einer der Besten... Ich konnte doch nicht die Razija mit einer Scheibtruhe zum Friedhof fahren!

Euch müssen meine Sorgen eigenartig vorkommen. Ihr schaut mich so ungläubig an. Aber es war so. Die selbstverständlichsten Sachen waren oft unlösbar. Na ja, zum Glück nicht für mich. Ich suchte und wurde fündig. Na bitte! Das wäre doch gelacht! Nicht umsonst habe ich Oden an meine Heimat geschrieben... und... für irgend etwas mußten doch die feuchtfröhlichen Nächte, die ich mit den Politikern verlebt habe, gut sein...

Am vierten Tag brachte mir der Sekretär aus dem Finanzministerium eine Plastik-Colaflasche gefüllt mit Benzin. Zwei Liter waren drinnen. Zwei unbezahlbare Liter Benzin. Wir leerten gemeinsam die kostbare Flüssigkeit in den Tank meines Ladas, drehten lange... was heißt, wir drehten ewig an der Kurbel und das Wunder geschah. Die verrosteten Zylinder und Kerzen erwachten zum Leben. Der Vergaser klapperte, der Keilriemen lief wie geölt. Der Motor schnurrte zuversichtlich.

Ich legte Razija in eine Decke eingehüllt auf den Hintersitz... Schaut mich nicht so an... ich halte es nicht aus, wenn ihr mich so anschaut... ich hatte keinen Sarg, niemand in Sarajevo hatte einen Sarg... Das war halt so... Razija sollte zu Asche werden in der Erde, in unserer Heimaterde, und ich war bereit und mein Auto war auch bereit, sie dem ewigen Frieden zu übergeben.

Ich schaufelte das Grab, Razija lag im Gras und freute sich auf ihr letztes Bett. Wir waren allein. Maria blieb zu Hause, zündete alle Kerzenreste an, die wir noch im Haus hatten, verdunkelte alle Fenster und betete. Sie betete zu Gott, an den sie nicht mehr glaubte. Sie bat ihn um Frieden für Razija, den er ihr zu Lebzeiten nicht gab. Ich schaufelte das Grab und sang dabei ein Lied... „Kad sa podoh na Bendbasu, na Bendbasu na vodu, ja povedoh, bijelo jagnje, bjelo jagnje sa sobom... hmmmm... hmmmmm... hmmmm..." Razija liebte dieses Lied... Ich war es ihr schuldig... Wir kannten es von unseren Eltern. Unsere Mutter sang es so schön... Niemand sang das Lied so schön, wie sie.

Jetzt war ich ganz allein. Der Letzte aus meiner Familie. Der Übriggebliebene. Der Vater und die Mutter, Nina und Raza... sie alle haben mich verlassen. Sie haben mich dieser Welt überlassen, von der sie wußten, daß sie wenig Liebe für mich übrig hatte.

Ich erfüllte meine letzte Pflicht. Ich schaufelte das Grab für Razija. Die Schaufel war stumpf. Es vergingen Stunden, bis das Grab tief genug war, daß ich meine tote Schwester zu ihrer letzten Ruhe betten konnte. Mein Hemd war feucht und schmutzig. Aus den Schwielen auf den Händen floß Blut und mischte sich mit dem Ocker der Erde. Ein eigenartiges Farbgemisch - Blut und Erde, rot und ocker... Leben und Tod. Und das alles auf meinen Händen, mit denen ich die Tote immer wieder berührt habe.

Als das Grab tief genug war, hob ich Razija aus dem Gras. Vorsichtig sank ich mit ihr in die Tiefe, ich wollte ihr nicht weh tun. Ihre Arme und Beine baumelten schwer neben ihrem Körper, ich ahnte nicht, daß sie so schwer war... Unter den Kopf legte ich ihr einen Polster, den mir Maria für sie mitgegeben hatte. Auf dem Polster war mit einem hellblauen Faden in Kreuzstich gestickt - Dobro spávaj - Schlaf gut. Razijas Kopf verdeckte die hellblaue Schrift, die Rüschen aus Madeiraspitze rundherum umrahmten ihr blasses Gesicht. Ich kann mich noch erinnern, die Madeiraspitze haben Maria und Raza gemeinsam produziert. Es war noch lange vor dem Krieg... Sie wußten damals nicht, wofür...

Meine jüngere Schwester lag im Grab und ich kletterte mit meiner letzen Kraft aus dem Loch, das nur den Toten vorbehalten war. Ich stand am Rand und überlegte, was für Feierlichkeiten ich meiner Schwester zu Ehren kommen lassen konnte... Eine Messe, ganz nach meiner Art... Mit Liedern, die sie mochte... mit Gedichten, die sie liebte.

„Kod Jesenina su bile/ Sura i Kaca./ Kod Majakovskog/ Ljudmila i Olja./ Kod mene/ Nina i Raza./ I - sve su umrle./ Raza in Nina/ u rozmaku od pedeset dana./ Umrle/ ili ubijeme bez metka?/ Moram negdje potraziti/ novu sestru./ Ja jednostavno ne umijem/ da nebudem brat.“[9]

Ich weinte nicht. Schon aus Trotz nicht... Ein Bosnier weint nicht... Er ist stolz bis zum Tod... bis zum eigenen...

Ich habe eine Flasche Wein auf ihrem Grab ausgetrunken, wie sich's für einen Trinker aus Überzeugung gehört. Die Flasche hatte ich für besondere Zwecke aufgehoben... Der Zweck war besonders... Besonderer hätte er nicht sein können. Ich trank und trank und dachte an nichts. Ich mußte dort sehr lange gesessen haben, denn als ich zu mir kam, begann der Rand des Lochs einzufallen. Die Erde bröckelte auf Razijas Gesicht und den Bauch und machte ihre Kleidung schmutzig. Ich ertrug den Anblick nicht länger, nahm die Schaufel in die Hand und warf wütend die Erde, Scholle für Scholle, auf die Tote.

9

Bei Jesenin waren es/ Schura und Katja./ Bei Majakovski/ Ljudmila und Olja./ Bei mir / Nina und Raza./ Und - alle sind gestorben/ Raza, dann Nina/ in nur fünfzig Tagen./ Sind sie gestorben oder wurden sie ohne Kugel getötet?"/ Irgendwo muß ich eine neue Schwester finden./ Ich kann einfach nicht mehr/ Bruder sein.

Die Erde schloß sich über Razija zu. Nur ein kleiner Hügel erinnerte daran, daß ein Mensch von uns gegangen war. Ein lieber Mensch, der mir sehr nahe stand... Das tut noch heute weh... das tut immer noch weh... verdammt... warum gerade sie? Warum gerade meine Schwester...? Ich möchte weinen... kann aber nicht... Ich habe auf sie nicht aufgepaßt... obwohl ich es ihr versprochen habe... Ich schäme mich so sehr... Ihr Licht war erloschen, obwohl sie jünger war, als ich. Damit hatte ich nie gerechnet. Ich dachte naiverweise, daß zuerst die Älteren und erst dann die Jüngeren... Aber das Leben hat mit uns andere Pläne.

Auf dem Nachhauseweg hüstelte der Lada die letzten Atemzüge aus seiner blechernen Lunge. Wie ein rachitischer Hund, der in jedem Moment den Geist aufgeben kann. Er hüstelte, spuckte... und gab auf... nach ein paar Kilometern... Auf meinen Parklatz im Hof mußte ich ihn schieben. Aber ich war zu Hause. Maria war in der Küche. Sie kochte gerade eine Löwenzahnsuppe und Kartoffeln, die sie am Schwarzmarkt gegen meine Gedichte eingetauscht hatte. Das Leben ging weiter. Die Suppe war köstlich... die Kartoffeln schmeckten so gut wie nie.

Bernard, so heißt du doch... oder...? Obwohl du ein Franzose bist, erinnerst du mich ein bißchen an mich selbst. Ich habe sogar das Gefühl, daß du mich verstehst. Vielleicht, weil du ein Dichter bist. So wie du zuhörst, mußt du ein verdammt guter Dichter sein.

Ich werde gehen. Meine Zeit ist gekommen. Ein alter Mann muß ausreichend Schlaf bekommen. Aber eines möchte ich dir noch sagen. Auch ich war einmal jung... denke daran, wenn du deine Freundin heute nacht liebst... und... auch ich habe Frauen geliebt... Ich liebe sie immer noch. Meine Maria... Was wäre ich nur ohne sie? Morgen komme ich nach Hause... nach diesem Dichtertreffen... und lege mich zu ihr ins Bett... in unser Nest... und wenn ich den Duft des Weizens spüre... Bernard, wenn ich ihn ganz deutlich rieche... dann weiß ich... ich bin daheim...

Die im Text enthaltenen Gedichte stammen von Izet Sarajlic aus Bosnien

HELENA
oder
Irdische Irrwege

„Kommen Sie“, sagte der uniformierte Polizist, der mich am Tor abgeholt hatte.

Er führte mich durch den Hof zu den Gefängnissen, läutete an der Tür und zeigte seinen Ausweis in die Kamera unter der Glocke. Das Gittertor sprang auf. Wir gingen einen dunklen Flur entlang, bogen zweimal um die Ecke und betraten ein graues Büro. Ein großer Mann in einer Einsatzuniform trat auf mich zu und reichte mir die Hand.

„Oberinspektor Hammer“, sagte er. „Ich habe sie angerufen.“ Noch bevor er mir einen Stuhl anbot, deutete er auf eine Frau, die auf der Bank neben der Tür saß. „Das ist sie“, sagte er. Die Frau, deren Kopf bis in die Brustmitte gesenkt war, reagierte nicht.

Ich nahm einen Sessel, den mir einer der zwei jüngeren Polizisten, die auch im Raum waren, reichte und setzte mich zu der Frau.

Hammer blätterte in den Unterlagen, sah mich von der Seite an und sagte: „Sie will nicht sprechen.“

„Und Sie glauben, sie wird es mit mir tun?“ fragte ich.

„Sicher“, entgegnete er. „Sie sind doch Slowakin, wie sie.“

Das Telefon läutete, Hammer sprach schnell und laut in den Hörer. Die zwei jungen Polizisten standen immer noch wortlos im Raum. Der größere von ihnen sah aus wie ein Storch aus einem Comic. An seiner großen, nach unten gebogenen Nase, an deren Wurzel zwei Knopfaugen klebten, hing lose eine runde Nickelbrille. Im Zivil hätte ich in ihm nie einen Polizisten vermutet.

Er kam auf mich zu und flüsterte mir ins Ohr: „Sie ist völlig verwirrt. Wir haben sie schon vor drei Tagen aufgegriffen und sie vorübergehend bei uns untergebracht, aber sie spricht nicht und anscheinend geht sie auch niemandem ab. Das da“, er schüttete den Inhalt einer kleinen Schachtel auf den Tisch, „hat sie bei sich gehabt.“

Ich sortierte mit den Fingern die Gegenstände - ein slowakischer Reisepaß, Taschentücher, zwei Medikamentenschachteln, ein Rosenkranz, Geldbörse voll mit diversen Zetteln, darunter etwa zweihundert Schillinge.

„Dobrý deò“, sagte ich zu ihr und weil ich nicht erwartet hatte, daß sie zurückgrüßt, sprach ich weiter. „Ich bin Ihre Dolmetscherin“, sagte ich auf Slowakisch. Die Frau rührte sich nicht. Mit keiner Geste gab sie mir zu verstehen, daß sie mich gehört und verstanden hatte.

Der Storch sah mich wichtig an. „Verstehen Sie jetzt...“, sagte er “...wie schwer es die Polizei mit solchen Leuten hat?“

Hammer hatte inzwischen sein Gespräch beendet, legte einen Stoß Papier in den Drucker und setzte sich vor seinen Schreibcomputer. Er war groß und stark, seine Schenkel waren mindestens zweimal so dick wie meine. Die Waffe an seinem Riemen an der rechten Hüfte verlieh ihm die Art von Respekt, die mit Angst verbunden ist. Er demonstrierte Macht und unerschütterliches Selbstbewußtsein, ohne, daß es ihm bewußt war.

Er drehte sich zu mir und sagte. „Fragen Sie sie, wie sie heißt“.

Ich neigte meinen Kopf zur Seite und versuchte in das Gesicht der Frau zu sehen. Sie bücke sich aber noch tiefer und legte schützend ihre Hände rund um das Gesicht.

„Ako sa voláte?“ stellte ich die gewünschte Frage auf Slowakisch ohne eine Antwort zu erwarten. Sie schwieg. Hammer sprang nervös auf. „Sehen Sie, das macht sie schon seit drei Tagen“, rief er aufgebracht. „Wenn sie nicht redet, stecken wir sie in eine geschlossene Abteilung. Das verspreche ich. Sagen Sie es ihr.“

Die Frau hob kurz den Kopf und ich sah ihre Augen. Angst war in ihnen zu lesen, Angst eines Tieres in der Falle. Ich griff nach dem Reisepaß, Hammer nahm ihn mir aus der Hand. Er klopfte damit auf seine linke Handfläche.

„Fragen Sie sie noch einmal, wie sie heißt“, sagte er lauter als vorhin. „Und sagen Sie ihr auch, wenn sie nicht sprechen wird, werden wir sie in eine psychiatrische Anstalt einliefern. Sie läßt uns keine andere Wahl.“

Ich rückte meinen Stuhl näher zu der Bank, griff nach der Hand der Frau und fragte sie noch einmal: „Ako sa voláte?“

Sie bewegte sich ein wenig, ich sah, daß sie die Drohung Hammers beunruhigt hatte. Ohne den Kopf zu heben, murmelte sie leise: „Das steht doch in meinem Paß.“ Ich sah Hammer verwundert an.

„Sie spricht doch Deutsch“, sagte ich. „Wozu brauchen Sie eine Dolmetscherin?“

„Sie hat bisher kein Wort gesagt“, antwortete er lauter, als ihm vielleicht lieb war und öffnete den Reisepaß. „Wie hätte ich es wissen sollen?“ Er reichte mir den Reisepaß.

„Da haben wir es. Helena Sopková," las ich. „Ist das Ihr Paß?" fragte ich sie. Sie nickte.

Hammer tippte den Namen in die Tastatur, auf dem Monitor erschienen zwei Worte. Die Situation schien sich zu entspannen. Der Storch und sein schwer bewaffneter Kollege, die Hände auf seiner Waffe wie ein Cowboy, setzten sich auf die Sessel gegenüber und beobachteten die Szene. Der Cowboy kaute an einem Kaugummi, den er hin und wieder vor seinen Lippen zu einem Ballon aufblies. Es machte mich nervös. Ich hoffte, Hammer würde auch etwas dagegen haben und den Cowboy bitten, den Kaugummi auszuspucken, er tat es aber nicht.

„Fragen Sie sie, wann sie geboren ist", sagte er statt dessen zu mir. Ich drehte meinen Kopf zu der Frau und noch bevor ich die Frage übersetzen konnte, sagte sie wieder auf Deutsch:

„Warum fragen Sie mich das? Das steht doch alles in meinem Paß."

Wir vier sahen uns an. Hammer strahlte. „Na bitte. Warum nicht gleich so?" jubelte er. „Was eine kleine Drohung ausmacht..."

Das Telefon läutete wieder, Hammer stand auf und ging mit schweren Schritten aus dem Zimmer. „Ich bin nicht da", schrie er seinen jüngeren Kollegen zu noch bevor die Tür hinter ihm ins Schloß fiel. Der Cowboy hob ab. Er hörte ein wenig zu, dann nickte er pflichtbewußt.

„Ja... ja... ja... " wiederholte er immer wieder und kratzte sich mit der freien Hand hinterm Ohr. „Ich hole ihn", sagte er schließlich und legte auf. „Wo ist der Hammer?" schrie er den

Storch an. „Ein Autounfall mit Fußgängern. Eine Tote, zwei Schwerverletzte."

Die beiden rannten aus dem Zimmer, ich blieb mit der Frau allein.

Die plötzliche Hektik im Zimmer schien keinen Einfluß auf sie zu haben. Sie saß in der gebückten Haltung wie vorhin, hielt die Hände im Schoß zusammen, manchmal rieb sie sie ein wenig aneinander, ansonsten bewegte sie sich nicht. Ihr ausgewaschener Jeansrock, der ihr bis zu der Mitte der Waden reichte, war genauso wie die hellblaue Bluse an mehreren Stellen geflickt. Das Haar, von zum Teil rostigen Haarnadeln zu einer Steckfrisur gezwungen, war fett und auch sie selbst roch nicht gerade wie frisch gebadet. Laut ihrem Reisepaß war sie dreiundvierzig Jahre alt, eine Diplomingenieurin, wohnhaft in einer slowakischen Kleinstadt nahe Bratislava. Sie wirkte depressiv und sie tat mir leid. Ich machte mir keine Hoffnung, daß sie mit mir sprechen würde, trotzdem versuchte ich einen Kontakt zu ihr aufzubauen. Vielleicht hat sie etwas angestellt, gestohlen, dachte ich. Oder ist sie illegal über die Grenze gekommen.... Wer weiß, ob der Reisepaß nicht gefälscht war...?

Inzwischen war der Oberinspektor zurückgekehrt und sagte zu mir: „Wir müssen für etwa eine halbe Stunde weg. Würden Sie, bitte auf uns warten?"

Er holte aus seinem Schreibtisch sein Funkgerät und einige Papiere, setzte seine Kappe auf und mit einem „wir sind gleich wieder da" eilte er hinaus. Der Polizist, der mich hierher geführt hatte, betrat das Zimmer und setzte sich in die Ecke. Er trank einen Kaffee aus einem Plastikbecher und beachtete weder mich, noch die Frau.

Es war still in dem Büro. So still, daß der Minutenzeiger der Uhr beinah so etwas wie Lärm verursachte. Ich überlegte, ob ich sie ansprechen oder uns beiden auch einen Kaffee holen sollte, da hörte ich leise Töne, etwas wie eine Melodie zaghaft gesummt. Zuerst so leise, daß nicht einmal der Polizist etwas mitbekommen hatte, doch nach ein paar Sekunden hörte er sie auch und spitzte die Ohren wie ein Jagdhund. Ich sah die Frau an und plötzlich begriff ich, was sie da summte. Ich erkannte dieses Lied, das sie zu singen begann, leise und voller Schwerz:

„Hej, slnieèko horúce, hej nepál' že ma nepál', nech mi neuhorí, nech mi neuhorí, hej tá moja biela tvár..."

Unser Bewacher sah mich fragend an. „Die ist total hinüber", sagte er und zuckte mit den Schultern.

„Wenn sie Ihnen auf die Nerven geht, sagen Sie es, ich bringe sie wieder in die Zelle. Wer weiß, wann der Herr Oberinspektor kommt... So ein Unfall braucht seine Zeit."

„Nein, nein, es ist nicht notwendig", winkte ich ab. „Mich stört sie nicht, wirklich nicht."

„Wie sie meinen", sagte er, stand auf und warf den leeren Plastikbecher in den Papierkorb. „Wollten Sie auch einen?" fragte er mich anschließend und deutete auf den weggeworfenen Becher.

Das wäre vielleicht eine Chance ihn loszuwerden, dachte ich und nickte eifrig: „Ja, bitte. Und wenn Sie so nett wären... auch die Frau..." ich sah in den Reisepaß, „... Sopková hat sicher Durst. Wären Sie so freundlich..."

„Selbstverständlich" sagte er, ich las auf seiner Uniform den Namen Schmidt, und ging hinaus.

Endlich war ich mit der Frau allein.

„Sie haben sicher Durst", sagte ich, bückte mich seitlich, damit ich ein Stück ihres Gesichtes sehen konnte.

Sie reagierte nicht. Sie schien überhaupt keine Bedürfnisse zu haben. Was tut sie in Österreich, fragte ich mich. Mit zweihundert Schilling kann sie nicht weit kommen. Und schäbig schaut sie aus, fast wie eine Landstreicherin... deshalb vermißt sie keiner.

Sie bemerkte, daß ich sie beobachtete und schielte ein wenig zu mir. Unsere Blicke trafen sich einen Augenblick lang, der aber reichte, um die Barriere, die sie um sich aufgebaut hatte, zu brechen.

„Warum sind Sie in Österreich?" fragte ich sie.

Da hob sie ihren Kopf, ihre Gesichtszüge entspannten sich und sie sagte nur ein einziges Wort: „Papstbesuch."

Das war's! Der Papst war vor einigen Tagen in Österreich gewesen. Wie ich aus den Zeitungen wußte, waren auch aus dem nahen Ausland viele Gläubige nach Wien, Salzburg und St.Pölten gekommen, um ihn zu sehen.

Gut, dachte ich. Sie kam hierher um den Papst zu sehen... aber warum hat sie so viel Angst? Hatte sie einen Unfall oder wurde sie vergewaltigt? Mein Interesse für die Frau wuchs. Als mich der Oberinspektor Hammer zum Dolmetschen bestellt hatte, sagte er mir am Telefon, daß es sich um eine verwirrte Person handle, ich sah in ihr aber keine verwirrte, sondern eher eine verängstigte Person. Irgend etwas mußte ihr zugestoßen sein.

Sie lebte offensichtlich in ihrer eigenen Welt und kommunizierte nicht mit ihrer Umgebung. Meine Fragen berührten sie nicht. Nicht einmal meine streichelnde Hand. Nur bei dem

Wort „Papstbesuch“ schien Leben in sie eingekehret zu sein. Ich war mir sicher, daß der Papst der Schlüssel zu ihrer Seele war.

„Wie ist er?“ fragte ich so. „Hat er wirklich die Ausstrahlung, von der die Menschen sprechen?“

Einen Moment lang schien sie die Frage nicht erreicht zu haben, doch dann erhellte sich ihr Gesicht und es sah beinah aus, als ob sie lächelte.

„Er ist Liebe“, hauchte sie.

„Er ist Liebe“, wiederholte ich, glücklich, daß sie mit mir sprach. „Ja, das sieht man. Er hat viel Liebe in sich.“

Sie sah zu Boden, doch ihr Kopf war nicht mehr so tief gesenkt. Sie rieb ihre Hände stärker aneinander, aus der Rocktasche holte sie ein zerknülltes Taschentuch und schneuzte sich. Ihre Augen wurden rot, über die Wangen rollten ihr Tränen.

„Bitte, nicht weinen. Wir werden Ihnen helfen,“ sagte ich.

Sie schüttelte den Kopf und schneuzte sich noch einmal. In diesem Augenblick wurde die Tür aufgerissen, Schmidt kam mit einem dampfenden Kaffee und einem Glas Wasser. Er stellte den Kaffee vor mich auf den Tisch, das Wasser auf den Boden neben der Bank, auf der sie saß.

„Bitte“, sagte er. „Ich hoffe, daß es so recht ist.“

Sie griff nach dem Glas und trank es gierig aus, dann stellte sie es zurück auf den Boden und senkte wieder den Kopf.

„Wollen Sie auch den Kaffee?“ fragte ich sie und hielt ihr den Becher hin.

Sie reagierte nicht als hätte sie wieder ihre innere Welt erreicht, in der ich keinen Platz hatte.

Der Kaffee war heiß. Ich trank ihn in kleinen Schlucken und beobachtete sie aus dem Augenwinkel. Sie erschien mir, als säße sie in ihrer Erstarrung jenseits der Realität des Raumes, in dem sie sich befand, abgehoben, unerreichbar. Schmidt sah aus dem Fenster und deutete jemandem etwas. Er winkte und gestikulierte, dann lachte er auf und verließ das Zimmer.

„Waren Sie ganz nah bei ihm?" wollte ich wissen. Wenn der Papst wirklich derjenige ist, der sie zum Sprechen bringt, soll es mir recht sein. Es konnte ihr nur dann geholfen werden, wenn sie sagte, was ihr widerfahren war. Und das zu erfahren mußte mir gelingen. Zum Glück war Schmidt ständig irgendwo unterwegs und den fahrigen Hammer hätte ich bei diesem sensiblen Gespräch sowieso nicht gebrauchen können.

Ich beugte mich zu ihr und wiederholte die Frage: „Waren Sie ganz nah bei ihm? Zum Greifen nah? Oder hat er Sie sogar berührt?"

Sie beugte sich tiefer und schluchzte. Ihr Papiertaschentuch war völlig zerknüllt. Ich reichte ihr ihre eigene Packung, die auf dem Schreibtisch lag. Sie griff danach, nahm sich ein sauberes Taschentuch heraus und schneuzte sich laut. An ihren Schultern bemerkte ich, daß sie zitterte.

„Diesmal habe ich ihn aus der Entfernung von etwa drei Metern gesehen", sagte sie beinah unhörbar. Sie schien sich beruhigt zu haben.

„Drei Meter", ich staunte.

Auf einmal erhob sie ihren Kopf, ihre Mundwinkel zuckten vor Aufregung. Sie sah kurz in meiner Richtung, vermied es aber, daß sich unsere Augen trafen. „Einmal hat er mich gesegnet“, flüsterte sie beinah glücklich. „Er hat mir ein Kreuz auf die Stirn gemacht. Es war vor ein paar Jahren.“

„Sie haben ihn schon mehrmals gesehen?“ fragte ich überrascht.

„Ich reise ihm überallhin nach, wo ich nur kann“, sagte sie ergeben und ging wieder in ihre gebückte Haltung.

„Frau Sopková“, sagte ich „ist Ihnen in Österreich etwas zugestoßen?“

„Nennen Sie mich Helena“, sagte sie knapp. „Alle nennen mich Helena.“

„Gut, Helena“, sagte ich „erzählen Sie mir, was Ihnen passiert ist.“ Sie schwieg. „Wir sind unter uns“, sagte ich. „Ich werde versuchen Ihnen zu helfen. Und auch die Polizei... hier sind Sie in guten Händen.“

Sie zerknüllte das Taschentuch und riß es in kleine Stücke. Weiße Brösel fielen auf ihren Rock und je bemühter sie war, sie mit ihren zitternden Fingern aufzuklauben, um so ungehorsamer waren sie, fielen ihr auf den Boden und bedeckten dort den Plastikbodenbelag rund um ihre Füße. Ihre Mundwinkel begannen zu zucken, ich wußte, sie wird jetzt entweder weinen oder reden.
„Es geht um mein Leben“, stieß sie kurz aus.

„Will sie jemand umbringen?“ fragte ich entsetzt.

Sie schwieg.

Ich hatte keine Erfahrung mit Untersuchungen und schon gar nicht in der Psychologie. Als Dolmetscherin war ich zwar bei vielen Verhören dabei gewesen, doch es war fast immer um kleine Diebe, die Fahrräder oder Autoradios gestohlen hatten, gegangen. Ich hatte die Fragen und Antworten automatisch übersetzt, ohne mir dabei viel gedacht zu haben. Jetzt saß ich allein mit einer depressiven Frau im Zimmer und wollte ihr helfen. Ich wollte diesen „Fall" lösen. Schon allein deswegen, weil ich überzeugt war, daß Hammer keine Geduld für Helena aufbringen und sie in eine psychiatrische Anstalt einsperren würde. Die Zeit war knapp. Jeden Moment konnte jemand kommen und meine Bemühungen zunichte machen.

Helena saß zusammengekauert auf der Bank, bewegungslos wie eine Wachsfigur. Doch plötzlich begann sie leise zu reden.

„Er will mich umbringen, weil ich nicht so sein will wie er", flüsterte sie.

„Wer ist er?" fragte ich.

„Mein Vater", sagte sie und begann laut an zu weinen.

Das ist also der wunde Punkt, dachte ich. Die Kindheit, die an uns ein Leben lang hinunter tropft. Um sie ein wenig zu beruhigen, wechselte ich das Thema: „Ich sehe in Ihrem Paß, Sie sind eine Diplomingenieurin. Welches Fach haben Sie studiert?"
„Chemie", entgegnete sie kurz. „Weil er es so wollte", ergänzte sie nach einer Weile. „Er selbst ist Professor an der Universität.

Ich rekapitulierte für mich: Sie war dreiundvierzig Jahre alt, Chemikerin, Akademikerin, Tochter eines Universitätsprofessors, sprach perfekt Deutsch und kam nach Österreich, um dem Papst zu begegnen. Sie hatte nur zweihundert Schillinge bei sich, sah verwahrlost aus, kam aber aus „gutem Haus".

„Wo arbeiten Sie?" fragte ich.

„Nirgends", sagte sie. „Also... ich bin nirgends angestellt... Manchmal übersetze ich Texte, die mir die Frau Oberin gibt."

„Frau Oberin?" fragte ich überrascht. „Welche Frau Oberin?"

„Die aus dem Kloster."

„Wenn ich Sie richtig verstehe", sagte ich, „übersetzen Sie religiöse Texte aus dem Deutschen ins Slowakische für ein Kloster..."

„Nicht nur aus dem Deutschen", unterbrach sie mich „sondern auch aus dem Englischen, Italienischen und Russischen."

Das ist doch nicht möglich, dachte ich. Vor mir sitzt eine hochgebildete Frau, hilflos und von Ängsten geschüttet. Warum nur?

Auf dem Gang hörten wir laute Schritte rasch näherkommen. Die Tür ging auf und Hammer mit seinen Begleitern stürmte ins Zimmer.

„Wo ist der Schmidt?" fragte er.

„Er war gerade noch da", sagte ich.

„So, gleich haben wir es", sagte Hammer, während er das angefangene Protokoll las. Er nahm vor dem Computer

Platz, die zwei anderen setzten sich ihm gegenüber und warteten auf die Fortsetzung des Verhörs.

„Fragen Sie sie, wie sie heißt“, sagte Hammer noch außer Atem.

„Das hat sie schon gesagt, Herr Inspektor“, antwortete ich anstatt Helena. „Und auch ihr Geburtsdatum und die Adresse haben wir. Und dann hat sie mir erzählt, daß sie wegen dem Papst in Österreich war. Sie wollte ihn persönlich sehen.“

Hammer reichten die vorhandenen Informationen. Er strich mit den Händen durch seine modische Stachelfrisur und überlegte. „Jetzt brauchen wir nur noch die Telefonnummer von den Angehörigen“, sagte er „...und wir können Sie abholen lassen.“

Die Frau zuckte ein wenig zusammen. Die Absicht Hammers sie von Verwandten abholen zu lassen, beunruhigte sie.

Er kam zu ihr und sagte: „Geben Sie uns die Nummer... Es können die Eltern sein, Geschwister, Freunde... es ist uns egal, wer Sie abholt. Es liegt gegen Sie nichts vor.“

Sie atmete schwerer als vorhin, bewegte sich aber nicht.

„Na, was ist? Muß ich Ihnen diese Information wieder drei Tage lang aus der Nase ziehen?“ Sie antwortete nicht. „Überlegen Sie es sich, entweder die Nummer oder die psychiatrische Anstalt“, drohte er. Die psychiatrische Anstalt wirkte wieder.

Langsam beugte sie sich zum Tisch, kramte unter den Zetteln in ihrer Geldbörse und zog ein schmuddeliges Stück Papier heraus, auf dem eine Nummer und ein Name standen. Sie reichte das Papier Hammer.

„Das ist meine Schwester,“ sagte sie leise.

Hammer wählte die Nummer, wartete das Läuten ab und drückte mir den Hörer in die Hand. „Erledigen Sie das, bitte,“ sagte er. „Die Verwandten können Sie schon heute abholen.“

Am anderen Ende der Leitung meldete sich eine Frauenstimme. „Frau Malíková?“ fragte ich auf Slowakisch. „Haben Sie eine Schwester, die Helena Sopková heißt?

„Ja“, sagte die Frau. „Ist ihr etwas passiert?“

Ich beruhigte sie und erzählte ihr die Geschichte von ihrer verlorenen Schwester, die in Österreich von der Polizei aufgegriffen worden ist.

„Was, in Österreich?“ sagte die Frau.

„Sie können sie bei uns abholen“, sagte ich und diktierte ihr die nötigen Daten dazu.

„Ich möchte aber zuerst mit meinem Vater sprechen“, sagte Sie. „Darf ich Sie zurückrufen?“

Ich gab ihr die Nummer des Büros, in dem wir saßen.

„Fragen Sie sie, ob sie Deutsch spricht“, rief Hammer dazwischen.

Ich stellte die gewünschte Frage, die die Frau bejahte.

Hammer war zufrieden. Jetzt mußte er noch das Protokoll abschließen und die Sache wäre für ihn erledigt. Er überlegte die nächste Frage:

„War sie schon früher einmal in Österreich?“ Das wußte ich nicht, aber Helena antwortete: „Ja, vor Jahren, auch beim Papstbesuch.“

„Es scheint sich hier um einen religiösen Wahn zu handeln“, sagte der Cowboy zu Hammer. „Franz, das ist nicht unsere Aufgabe.“

„Sie hatte ein Fahrrad bei sich“, sagte Hammer. „Wenn sie es gestohlen hat, ist es ja wohl unsere Aufgabe.“

„Das Rad gehört mir!“, schrie sie auf. „Damit bin ich nach Österreich gekommen.“

„Das darf doch nicht wahr sein“, stöhnte Hammer auf. „Wenn Sie mich weiter anlügen, gehen wir nie nach Hause.“

Sie bückte sich zu mir und sagte so leise, daß nur ich sie hören konnte: „Ich bin wirklich mit dem Rad gekommen.“

„Das ist doch furchtbar weit“, sagte ich. „Wo haben Sie geschlafen? Und was haben Sie gegessen?“

„Geschlafen habe ich im Wald und gegessen...“, sie unterbrach sich „„... gegessen habe ich, was ich gefunden habe. Manchmal habe ich mir eine Semmel gekauft.“

„Die Frau macht mich wahnsinnig“, stöhnte Hammer. Er stand auf und ging im Zimmer auf und ab. „Sie sind also mit dem Rad gekommen“, sagte er. „Und was sollen diese Medikamente in Ihrer Tasche?“. Er griff nach den zwei Medikamentenschachteln und reichte sie mir. „Könnten Sie mir sagen, wofür oder wogegen sie sind“, bat er mich. Ich nahm die Medikamente, holte die Beipackzetteln heraus und las den slowakischen Text. Hammer stand vor mir und wartete.

„Die beiden Pillen sind gegen Herzbeschwerden", sagte ich nach dem Durchsehen der Beipackzetteln.

„Das hat uns noch gefehlt!" schrie Hammer auf. „Wißt Ihr, was das heißt?", fragte er die Jungen.

„Wir müssen sie dem Amtsarzt vorführen", sagte der Storch. „Das ist Vorschrift."

„Genau", bestätigte Hammer und griff zum Telefon.

Er wählte die Klappe, wartete ein paar Sekunden, dann sagte er in die Sprechmuschel: „Herr Doktor, Oberinspektor Hammer hier. Ich habe hier eine Patientin für Sie... Hätten Sie jetzt Zeit?"

Dr. Schlicker hatte Zeit und bat uns alle in seine Ordination im Haus zu kommen. Hammer, die zwei Jungen, Helena und ich gingen in den zweiten Stock. Auf dem Weg dorthin observierten die Jungen Helena so, als ob sie Angst hätten, sie könnte fliehen. Sie ging aber ganz ruhig mit und hatte nicht einmal gefragt, wohin.

Der Gefängnisarzt begrüßte uns in der Ordination sehr freundlich, bat aber sofort Hammer und seine zwei jungen Begleiter im Vorzimmer zu warten. „Nur die Patientin und die Dolmetscherin", sagte er zu Hammer und den Jungen.

„Sie haben doch Verständnis, nicht wahr?" Daraufhin schloß er die Tür hinter ihnen. Hammer öffnete sie noch einmal und sagte: „Ich bin in meinem Büro. Wenn Sie mit ihr fertig sind, rufen Sie mich an."

Dr. Schlicker bot Helena und mir zwei Stühle an. „Bitte, setzen Sie sich", sagte er. „Sprechen Sie Deutsch? fragte er Helena, die direkt vor seinem Schreibtisch Platz nahm. Sie antwortete nicht. „Verstehen Sie mich?“ fragte er noch einmal und weil sie wieder nicht regierte, sah er mich an. „Man hat mir gesagt, sie spricht Deutsch.“

„Sie spricht Deutsch“, bestätigte ich „... aber leider nur mit mir.“

„Das ist kein Problem“, sagte Dr. Schlicker. „Dann reden wir halt mit Ihrer Hilfe.“

Helena saß in gebückter Haltung wie vorhin im Büro, rieb ihre Hände aneinander und drückte zwischen ihren Handflächen ein Papiertaschentuch, das dabei in kleine Stücke zerbröselte. Ihr Kopf hing tief nach vorn, die Schultern fielen seitlich ab. Dr. Schlicker studierte die Zusammensetzung der Medikamente auf dem Beipackzettel, die ich ihm mitgebracht hatte, dann fragte er Helena: „Sind Sie herzkrank?“

Helena antwortete nicht.

„Haben Sie Beschwerden mit Ihrem Herzen?“

Wieder keine Antwort.

„Würden Sie sich bitte freimachen? Ich muß Sie untersuchen.“ sagte er laut und deutlich und sah mich dabei an, „Bitte, helfen Sie ihr dabei“, sagte er zu mir und deutete zur Umkleidekabine.
Helena stand auf und ging in die Kabine. Ich folgte ihr. „Das schaffe ich allein“, sagte sie. Ich ging zurück zu meinem Sessel und setzte mich wieder.

Helena hatte ihre Bluse ausgezogen und kam ins Zimmer. Sie hielt ihre Hände vor die Brust. Ihr Körper war abgemagert, die Rippen warfen graue Schatten auf ihre blasse Haut. Der Arzt untersuchte sie im Stehen. Er wärmte kurz das Stethoskop mit der Hand, dann setzte er es an verschiedenen Stellen an und hörte konzentriert zu.

„Tief einatmen... fest ausatmen... husten Sie... weiter atmen...“

Helena machte, was er ihr befahl, ansonsten kommunizierte sie mit ihm nicht.

„Ihr Herz ist in Ordnung“, sagte er zu mir. Nur der Puls ist zu schnell.“

Helena ging zurück in die Umkleidekabine.

„Ich kann keine organische Erkrankung feststellen, murmelte er, während er die Beipackzetteln der Medikamente noch einmal studierte. „Aber die Frau steht unter einem enormen Streß. Die Beschwerden sind rein psychischer Natur. Wissen Sie, was mit ihr los ist?“ fragte er.

„Sie hat Angst vor ihrem Vater“, sagte ich.

„Das erklärt einiges“, meinte er. „Auch die Medikamente.“

Wir setzten uns wieder und schwiegen. Schlicker dachte nach. Nach einer Weile griff er nach Helenas Hand. „Schauen Sie mich an“, sagte er „hier... in meine Augen...“ und hob mit der freien Hand ein wenig ihr Kinn. „Keine Angst, ich tu Ihnen nichts.“

Helenas Gesicht war jetzt auf ihn gerichtet, sie sah ihn aber nicht an. Ihre Augenlider waren gesenkt, der Blick wanderte über ihren Schoß.

„Erzählen Sie mir von Ihrem Vater“, forderte er sie auf.

In diesem Augenblick begann ihr Kinn zu zittern, wenig später schluchzte sie. Ich spürte, daß auch der Arzt Interesse an ihr hatte. Seine Arbeit war getan, er hätte sie ruhig Hammer ausliefern können, statt dessen aber versuchte er ihr etwas zu entlocken, das ihm helfen würde, sich ein Bild über sie zu machen. Sie war mit ihrer Zerbrechlichkeit einer Welt ausgeliefert, mit der sie nicht zurecht kam. Um dem Druck von außen zu entkommen, stellte sie sich tot. Jetzt saß sie vor dem Arzt wie ein Häufchen Elend und wir wußten nicht, ob sie sich Sorgen um ihre eigene Zukunft machte oder ob sie völlig apathisch war.

„Warum fürchten Sie sich vor Ihrem Vater? Hat er Ihnen weh getan... Sie geschlagen vielleicht... Sie können mir alles ruhig erzählen, ich werde versuchen Ihnen zu helfen." Schlickers Menschlichkeit berührte mich.

„Es tut mir leid", sagte Schlicker ein wenig enttäuscht. „Wenn Sie nicht sprechen, werde ich Sie dem Oberinspektor Hammer zu weiteren Untersuchungen überlassen."

Daraufhin erhob sie ihren Kopf, sah ihn direkt an und schrie: „Warum lassen sie mich nicht in Armut und Demut leben?"

„Wer läßt Sie nicht in Armut und Demut leben?" Schlicker, der schon vor ihrem Schweigen beinah kapituliert hatte, schöpfte wieder Hoffnung.

„Meine Familie", schrie sie noch lauter auf. „Allen voran mein Vater, aber auch meine Mutter... und die Schwester. Sie lassen es nicht zu, daß ich im Kloster lebe."

Vielleicht doch ein religiöser Wahn, dachte ich. Ich kannte niemanden, der heutzutage in Armut und Demut leben wollte... es sei denn, er muß. Helena überraschte mich.

„Sie wollen im Kloster leben“, sagte ich. „Nichts leichter als das. Melden Sie sich doch an. Ich bin davon überzeugt, daß sich jedes Kloster über einen Zuwachs freuen wird.“

Schlicker nickte mir zu.

„Haben Sie es schon in der Slowakei probiert?“

„Probiert?“ sagte sie während sie sich schneuzte. „Ich habe in einem Kloster zwei Wochen gelebt. Es war unbeschreiblich erfüllend... Sie können es sich nicht vorstellen, wie erfüllend es ist, Ihm so nah zu sein.“ Sie blickte nach oben. „Aber dann kam der Vater und...“, sie begann laut zu weinen.

Ich stand auf und umarmte sie. „Helena, weinen Sie nicht... bitte, weinen Sie nicht.“

Sie schneuzte sich noch einmal und legte ihre Hände in den Schoß. „Soll ich Ihnen eine Beruhigungsspritze geben?“, fragte Schlicker. „Sie würde Ihnen helfen.“

Sie nickte.

Aus dem Medikamentenschrank nahm er eine Ampulle und zog die durchsichtige Flüssigkeit in eine Einwegspritze. Dann reinigte er mit einem Alkoholtupfer eine Stelle an ihrem Oberarm, setzte die Spritze an und drückte ihr ihren Inhalt ins Gewebe. In ihrem Gesicht rührte sich nichts. Als ob sie widerstandsfähig gegen Schmerz wäre, reagierte sie weder auf den Einstich, noch auf das Herausziehen der Spritze.

„Sie wird gleich wirken“, sagte der Arzt. „Wollen Sie sich ein wenig hinlegen?“

Helena strich ein paar lose hängende Haare aus ihrem Gesicht, wischte sich die Nase mit dem Handrücken ab und sah uns gefaßt an. „Ich möchte nur Ihm dienen... dem Herrn“, sagte sie und sah dabei nach oben. „Bitte, helfen Sie mir.“

Endlich sah sie in uns Verbündete. Sie hat verstanden, daß wir nicht zu denen gehörten, die sie für verrückt hielten und sie deshalb in eine psychiatrische Anstalt einweisen möchten. Das Vertrauen, das sie in uns setzte, war von entwaffnender Naivität, kindlich und spontan.

„Helfen Sie mir in einem Kloster unterzutauchen“, sprach sie begeistert. „Irgendwo, wo sie mich nicht finden...“

Schlicker und ich nickten verschwörerisch.

„Das läßt sich einrichten“, versprach er ihr.

„Ich... ich werde Sie in meine Gebete einschließen...“, stammelte sie erfreut. „Sie sind so gut zu mir.“

Schlicker griff zum Telefon und wählte.

„Herr Oberinspektor Hammer, kommen Sie bitte zu mir“, sagte er. „Die Patientin... Frau Sopková ist fertig. Sie können Sie abholen.“

Die Spannung löste sich. Wir drei sahen uns an und lächelten. Ich war glücklich, daß wir eine Lösung gefunden hatten. Als es an der Tür klopfte und Hammer ins Zimmer trat, war ich überzeugt, daß alles gut werden würde.

„Frau Sopková ist nicht wirklich krank“, sagte Schlicker zu ihm. „Und schon gar nicht verwirrt. Sie leidet nur unter schweren Depressionen, weil sie seit Jahren psychisch mißhandelt wird.“

„Was soll ich mit ihr tun?“ fragte Hammer.

„Am besten wäre es, wenn wir einen Platz für sie im Kloster fänden. Könnten Sie den Dompfarrer anrufen und ihn bitten, sie vorübergehend aufzunehmen?“

Hammer sah Schlicker verwundert an. „Ist das Aufgabe der Polizei?“

„Nicht direkt“, sagte Schlicker. „Aber so könnten wir ihr helfen, dem Einfluß ihres Vaters zu entkommen.“

„Ich verstehe nicht“, sagte Hammer. „Das übersteigt eindeutig meine Kompetenz.“

„Versuchen Sie es trotzdem“, sagte Schlicker und drückte Hammer die Hand.

Helena, Hammer und ich verabschiedeten uns von dem Arzt und gingen noch einmal ins Untersuchungsbüro. Die Telefonnummer von Helenas Schwester lag immer noch auf dem Schreibtisch. Hammer griff danach und wählte die Nummer. Dabei drehte er sich zu mir um und sagte:

„Sie haben gesagt, sie spricht Deutsch...“

„Ja“, sagte ich „... sie spricht Deutsch, aber wollten Sie nicht den Dompfarrer anrufen?“

Hammer winkte ab: „Das soll wer anderer machen. Meine Aufgabe ist es für Sicherheit in diesem Land zu sorgen und das heißt auch, unberechenbare Elemente zu entfernen.“

Helena und ich sahen uns an.

„Aber...“, stotterte ich „... Dr. Schlicker hat gesagt...“

Da hatte Hammer schon Frau Malíková in der Leitung und

mit ihr alles Notwendige über die Abholung besprochen. „Ihre Schwester kommt mit Ihrem Vater“, sagte er anschließend zu Helena. „In zwei Stunden werden sie da sein.“

Ich hätte jetzt Toben oder Schreien erwartet, doch nichts dergleichen geschah. Helena bückte sich und starrte ihre Knie an. Ihr Kopf hing tief, wie nach einem Genickbruch, die Hände lagen regungslos in ihrem Schoß.

„Warten kann sie in einer Zelle“, sagte Hammer und mit entsprechender Geste forderte er die Jungen auf, Helena abzuführen. Sie stand willenlos auf und ließ sich von dem Storch und dem Cowboy in die Zelle begleiten.

Ich wollte mich ihnen in den Weg stellen, dann überlegte ich es mir. Mit Riesenschritten lief ich in den zweiten Stock und klopfte an Dr. Schlickers Tür. Nichts rührte sich, ich rüttelte an der Türschnalle, die Ordination war versperrt.

Ich ging langsam hinaus. Es war Nachmittag, die Sonne erhitzte den Beton und die Wände rundherum, die Luft stand still. Im Gefängnishof war es heiß wie in einem Ofen. Wut war in mir und Verzweiflung über Hilflosigkeit, da hörte ich aus einem geöffneten, vergitterten Fenster ein leises Lied: „Hej slnieèko horúce, hej, nepál’ že ma nepál’, nech mi neuhorí, nech mi neuhorí, hej, tá moja biela tvár, nech mi neuhorí, nech mi neuhorí hej, tá moja biela tvár...“

MATEUSZ
oder
Angst zu atmen

1.

In der Nacht hing der Mond wie eine schmale Sichel am Himmel. Mit seinen Spitzen stichelte er in das Mitternachtsblau des Firmaments. Ich schlief und spürte trotzdem seine scharfen Ecken und die Kühle, in die er eingehüllt war. Mich fröstelte. Ich zog die Decke über den Kopf, rollte mich nach rechts ein und begann zu husten. Eine eiserne Faust drückte auf meine Brust, ich versuchte ihr zu entkommen. Die Faust drückte noch stärker zu, ich rang nach Luft, wollte um Hilfe rufen, aber kein Ton kam aus meiner Kehle. Panik ergriff mich. Der Mund war trocken, die Augen aufgerissen in die Finsternis. Husten erschütterte meinen nach Luft ringenden Körper.

Ich lag im dunklen Zimmer und konnte nicht mehr atmen, glaubte, ersticken zu müssen. Die eiserne Faust rückte nicht ab von meiner Brust, sondern drückte fester zu und drohte mich zu vernichten. Ich kämpfte gegen die tödliche Umklammerung, um mein Leben. Doch je mehr ich versuchte einzuatmen, um so blockierter waren meine Lungen. Etwas in ihnen versperrte den Weg der lebensnotwendigen Luft.

* * *

Die Angst zu Atmen begleitet mich seit meiner Kindheit. Ich glaube manchmal, daß an allem nur dieser Ball schuld gewesen ist. Ein roter Gummiball, den ich als vierjähriger vom Osterhasen bekam. Der Ball glänzte so sehr, daß ich mich darin sehen konnte. Ich betrachtete ihn und trug ihn stolz durch Omas Garten. Nein, spielen wollte ich mit ihm nicht, mit so einem schönen Ball spielt man nicht. Ich trug ihn nur durch den Garten und genoß das Gefühl ihn in meinen Händen zu halten. Der polierte Lackgummi duftete nach Neuheit; ich konnte von dem Duft nicht genug bekommen.

Aus Übermut begann ich den Ball in die Luft zu werfen. Zuerst zaghaft, vorsichtig darauf bedacht, das er nicht auf den Boden fällt. Langsam bekam ich Übung darin und traute mich den Ball auch höher zu werfen. Es ging gut. Ich warf den Ball so hoch ich nur konnte und fing ihn wieder auf. Einmal, zweimal, dreimal. Beim viertenmal entwischte er mir und rollte den abschüssigen Garten herunter. Ich lief und lief, doch der Ball war schneller. Erst im Teich am Ende des Gartens kam er zum Stehen.

Der schöne, rote Ball schwamm im trüben Wasser zwischen den schmelzenden Eisschollen des vergangenen Winters und verfaultem Laub.

Ich wollte ihn zurück haben, mit ihm spielen, seine glänzende Oberfläche bewundern... meine Hände waren zu kurz. Ich kniete mich in den Schlamm am Ufer, streckte meinen ganzen Körper nach dem roten Ball, rutschte aus und fiel ins Wasser. Kälte schoß durch meine kleinen Glieder. Ich rang nach Luft, doch rund um mich war nur Wasser. Graues, schmutziges Wasser. Mein durchtränkter Anorak zog mich schwer in die Tiefe. Ich schrie und schlug um mich. Kein Boden unter den Füßen. Ich schluckte und schrie und suchte nach etwas Festem. Wenn jetzt niemand kommt, wird alles aus sein.

Beinah hatte ich mich damit abgefunden. Beinah freute ich mich schon darauf. Ohne Angst. Es konnte nur besser werden. Wenn sich das Wasser über mir schließt, brauche ich keine Angst mehr zu haben. Ich brauche nicht mehr um Hilfe zu rufen, ich werde gerettet sein im Wasser, in der Tiefe... in mir selbst.

Die Oma sah ich wie in einem Traum, ich dachte, sie begleitet mich wie ein Engel in den Himmel, doch sie lief kurz weg und kam mit einer langen Leiter zurück, die sie so ans Ufer legte, daß sie bis zu mir reichte. Dann setzte sie sich darauf und rief immer wieder meinen Namen: „Mateusz! Mateusz...!“

Den Rest verstand ich nicht. Ich hörte nur meine eigene Stimme und das Plätschern des Wassers. Dann wurde es dunkel. Schrecklich dunkel und kalt. Meine Augen waren noch zu, als ich fremde Stimmen vernommen habe. Jemand sagte, daß der Bub viel Glück gehabt hatte. Die Oma weinte.

2.

„Machen Sie den Oberkörper frei und folgen Sie mir“, sagte Herr Dr. Urban. Ich tat, was er wollte und stellte mich, geschützt mit einer Strahlenschürze in das Röntgengerät. Der Lungenfacharzt wechselte die Platten und bat mich abwechselnd zu atmen und nicht zu atmen. Er sah auf den Monitor, dann ging er in die Kabine und machte ein paar Aufnahmen. „Die Lunge ist frei“, sagte er, als er zurückkam. Keine Schatten... nichts Beunruhigendes. Sie können sich wieder anziehen.“

„Und der Allergietest?“ fragte ich, obwohl ich es an meinen Unterarmen selbst gesehen hatte. Die Einstiche, auf die mir die Krankenschwester verschiedene Reizstoffe auftrug, waren nicht einmal ein bißchen gerötet.

„Negativ. Keine Pollen, kein Staub... gar nichts. Nach meinem Befund sind Sie vollkommen gesund. Haben Sie private Probleme?“ fragte mich Dr. Urban. „Sie können sich mir gern anvertrauen oder wenn Sie wollen, kann ich Ihnen einen Spezialisten empfehlen.“

So weit kommt's noch, daß ich einem Fremden von meinen privaten Sorgen erzähle. Lieber sterbe ich, ehe es dazu kommt, dachte ich. Das, was sich in mir abspielt, ist meine Sache, die niemanden etwas angeht. „Meinen Sie einen Psychiater?“ fragte ich so sachlich wie möglich und hoffte, daß er meine Frage verneint.

„Einen Psychotherapeuten“, antwortete er. Absichtlich wandte er sich von mir ab, so als wollte er den Abstand herstellen, den ich dringend brauchte. „Es kommt immer wieder vor, daß Atemnot mit ungelösten Problemen aus der unmittelbaren Umgebung zusammenhängt. Aber das wissen Sie doch selbst. Ich will Sie nicht bedrängen.“ Er stand mit dem Gesicht zum Fenster gedreht. Ich war verunsichert.

Dr. Urban verstand sein Handwerk, das mußte ich ihm lassen. Er war ein Arzt, dem ich vertraute. Er untersuchte meinen Körper und fand auf Anhieb Wunden in meiner Seele. Er irrte sich nicht. Und auch wenn ich ihn für seinen beruflichen Scharfblick bewunderte, war mir unangenehm, daß er in mich sah, als ob ich aus Glas wäre.

3.

Hier mußte es sein.

In der Mitte der großen Einkaufsstraße, direkt an der U-Bahn-Station, vom Großteil der Passanten ignoriert, getarnt als Kino: Die angekündigten Filme schrien von den Fotos in den Glasvitrinen links und rechts. Die hintere Tür links unscheinbar im Eingang des Portals, war mein Ziel.

Ich stieg die sieben Stufen hoch zum Parterre, sah mich um und trat unter ein Dutzend Menschen, die sich vor zwei Aufzügen versammelt hatten. Die Besetztsignale der beiden Lifte leuchteten rot. Wenn sie nicht kommen, dachte ich, muß ich nicht hinauf. Vielleicht muß ich sowieso nicht. Warum muß ich eigentlich? Ich stand da, Schweiß rann mir unter dem Hemd und der Hose bis in die Schuhe, und dachte daran umzukehren, als ich ein leises Klingelgeräusch hörte und sah, wie die Tür des größeren Lifts aufging. Die Menschenmasse stieg hinein und schob mich mit. Ich stand inmitten der nach Angstschweiß riechenden Körper und fuhr mit ihnen in den fünften Stock.

Die Glastür mit der Aufschrift Psychotherapie hatte nichts Gemeinsames mit der Diskretion des Portals auf der Straße. Durchsichtig gab sie Vorgänge preis, die gern im Verborgenen geblieben wären. Schon allein hinter dieser Glastür gesehen zu werden, bereitete den meisten Besuchern die größte Angst. Scheu traten sie aus dem Lift. Einige von ihnen liefen die Treppen sofort hinunter, die Mutigeren erkundigten sich bei der Sekretärin, ob ihr Termin aufrecht sei.

Im langen Gang, umsäumt von Türen und Fenstern, zog es wie auf einer Mole. Alle Fenster an der rechten Wand standen offen, die Silhouette der Stadt sah aus wie eine Plakatwand. Schefleras, Philodendrons und feinblättrige Gummibäume flatterten im Wind, das Rascheln ihrer Blätter erinnerte an einen Mairegen. Ich klopfte an die Tür mit der Nummer 526 und trat ein. Am Schreibtisch saß eine blonde Frau und telefonierte. Mit einer Handbewegung deutete sie mir, daß ich draußen warten solle. Vielleicht ein Wink des Schicksals, dachte ich. Es ist noch Zeit umzukehren. Bis sie fertig telefoniert hat, bin ich längst weg. Erleichtert ging ich zu den Aufzügen.

„Guten Tag", sagte plötzlich eine Stimme hinter mir. Ich drehte mich um und sah die Frau vom Schreibtisch. „Kommen Sie", sagte sie bestimmt und ging in Richtung ihres Sprechzimmers. Ich folgte ihr wie im Trance nach, mir war klar, daß ich der therapeutischen Ausfragerei nicht entkommen würde.

Im Sprechzimmer bot mir die Frau einen Stuhl an, sie setzte sich mir gegenüber an ihren Schreibtisch. Keine Frage, keine Bemerkung, nichts, nur ein Lächeln ging über ihre Lippen, die ganz farblos waren. Warum verwendet sie keinen Lippenstift, fragte ich mich, als ob es die wichtigste Frage dieses Vormittags wäre. Wie alt mag sie sein? Fünfunddreißig? Vierzig? Oder etwas darüber? Nein, sicher nicht älter als ich.

Durch das Fenster sah ich die Dächer der umliegenden Häuser und einen Kran, der mit seinem langen Arm einen Bogen auf den Himmel zeichnete.

Krähen zogen vorüber, kreischend, wie eine schwarze Wolke im Wirbelsturm, flogen sie in einem fremd anmutendem Rhythmus hin und her, als ob sie sich dem Wind ausliefern würden, glitten sie in synchronen Bewegungen die thermischen Schleifen zwischen den Wolken. Die Krähen liefern sich dem Wind nicht aus, sie wissen ihn und seine Strömungen zu nützen, dachte ich. Wie selbstbewußt sie sind, wie anmutig. Kein bißchen verunsichert. Sie zogen noch einige Kreise über dem Kran und den Häusern, dann flogen sie weiter, bis sie hinter einem der Dächer verschwunden waren.

Die Uhr an der Wand tickte leise.

Die blonde Psychologin legte die Hände in den Schoß und senkte ihren Blick. Wir saßen in dem Raum, in atemloser Stille, sahen uns nicht an und registrierten einander trotzdem. Mir schien, als verhielten wir unsere Bewegungen, den Atem, ja sogar den Herzschlag. Wie zwei Tiere, die sich totstellten um abzuwarten, bis die Gefahr vorbei war, dachte ich. Die Uhr tickte und unser beider Atem fügte sich unhörbar in die Lautlosigkeit des Sprechzimmers. Die Spannung wuchs.

„Warum fragen Sie mich nicht, was mich zu Ihnen führt?“ unterbrach ich die Stille. „Warum muntern Sie mich nicht auf, Ihnen alles von Anfang an zu erzählen?“

Die blonde Frau mit hochgesteckter Frisur, auf dem Türschild stand irgendein italienischer Name, den ich nicht behalten hatte, nickte.

„Eine gute Idee“, sagte sie: „Erzählen Sie, was Sie zu mir führt.“

„Ich muß kurz hinaus“, stieß ich hervor und wollte zur Tür.

Die Frau griff nach meiner Hand, dann berührte sie meine Schulter und sagte ruhig: „Setzen Sie sich.“

Ich folgte ihrem sanften Druck und setzte mich auf den Sessel vor dem Schreibtisch. „Es wäre besser, ich gehe...“

„Bleiben Sie...“

Die Psychologin mit dem italienischen Namen, in dem Moment war ich mir ganz sicher, daß es ihr Name auf dem Türschild war, sah mir tief in die Augen. „Erzählen Sie“, forderte sie mich auf.

„Wie... soll ich anfangen?“ stotterte ich. „Wie soll ich Ihnen etwas erzählen, wovon Sie keine Ahnung haben... was Sie niemals verstehen können...?

„Glauben Sie? Glauben Sie wirklich, daß ich Sie nicht verstehen kann? Warum sind Sie dann hier?“

„Verstehen... vielleicht... aber...“

„Nicht helfen, meinen Sie.“

„Genau. Verzeihen Sie, wenn ich Ihre Zeit in Anspruch genommen habe... Im Prinzip ist alles lächerlich..." Ich stand auf und bewegte mich zur Tür. „Und Ihre Honorarnote", drehte ich mich auf dem halben Weg um, „die können Sie an meine Adresse schicken."

„Sie wollten doch... Wenn Sie möchten... können wir miteinander auch nur plaudern. Ich habe jetzt eine Stunde Zeit." Die Psychologin stand auf, griff nach der Kaffeekanne, die hinter ihr stand und fragte: „Trinken Sie eine Tasse mit mir?" Noch bevor ich antworten konnte, goß sie das schwarze, dampfende Getränk in zwei Tassen ein.

„Milch oder Zucker?"

„Beides."

Ich setzte mich auf meinen alten Platz, griff nach der Tasse und nahm einen kleinen Schluck daraus.

„Danke", sagte ich, bevor ich die Lippen zum zweitenmal auf den Tassenrand gepreßt hatte. Das heiße Getränk gab mir ein wohliges Gefühl in der Bauchgegend. „Danke", sagte ich noch einmal und stellte die leere Tasse auf den Schreibtisch.

„Was sind Sie von Beruf?" fragte sie fast beiläufig und ließ mich nicht aus den Augen. Ich erkannte die Falle. Wenn ich jetzt begann, wenn ich ihr jetzt sagte, womit ich mein tägliches Brot verdiente, war ich dieser Frau für eine lange Zeit ausgeliefert. Vielleicht für mehrere Jahre, vielleicht fürs ganze Leben. Aber war ich nicht deswegen hier, um mich endlich auszuliefern, mich fallen zu lassen, andere mit meinen unlösbaren Probleme zu belasten?

„Sie spucken alles Unverdauliche heraus, und die Psychologen machen es für Sie verdaulich. Sie werden sich wundern, wie schön danach die Welt für Sie sein wird“, so hatte es Dr. Urban definiert. Schön. Die schöne Welt. Was kann die Welt schon dafür, daß ich mit ihr nicht zurecht komme. Die schöne, unlebbare Welt.

Die Psychologin hatte anthrazitgraue Strümpfe mit eingewobenen Pfauenfedern über ihre Beine gezogen. Die Pfauenaugen waren türkis und golden und besonders auffällig an ihren langen Beinen. Es sah nicht besonders hübsch aus, eher aufdringlich, als ob sie mit diesem auffälligen Muster ihre Klienten zwingen wollte, ihren Blick zu meiden.

Ich sah auf ihre Beine und spürte trotzdem, daß sie mich beobachtete. Wie magnetisiert ließ ich mein Kinn auf die Brust sinken, die Augen hefteten sich an die Pfauenfeder, mein Kopf baumelte bleischwer auf dem letzten Halswirbel. Und wieder die Stille. Unerträgliche Stille, zerschnitten vom Sekundenzeiger der Uhr an der Wand, der die Zeit messerscharf in Sekunden, Minuten und Stunden schnitt, die sich wie ein Fächer im Raum ausbreitete.

„Ich bekomme manchmal keine Luft“, sagte ich und hob langsam den Kopf. Die Psychologin sah mich an, nahm ihre Brille in die Hand und setzte sie auf die Nasenspitze. Sie sah über die Brille zu mir und blätterte in meiner leeren Akte. „Sie bekommen manchmal keine Luft“, wiederholte sie. „Und weiter?“

„Nichts weiter“, sagte ich. „Ich bekomme manchmal keine Luft, sonst nichts.“

„Wenn jemandem etwas fehlt, dann ist das nur deswegen so, weil er sich selbst davon abschneidet“, sagte sie. „Warum schneiden Sie sich ab? Was glauben Sie?“

Ich saß vor dem Schreibtisch der Psychologin und dachte nach. Natürlich wollte ich endlich wissen, warum ich mir die Luft zum Atmen abschnitt. Warum hatte ich Angst das zu tun, was ich tun mußte, um am Leben bleiben zu können. Vielleicht ist es wirklich besser einem Unbeteiligten von den eigenen Sorgen zu erzählen und sie auf diese Weise loszuwerden. Die Last wie in einer Gepäckaufbewahrung aufgeben und die Quittung sofort wegwerfen, um das Paket nicht abholen zu müssen.

„Wie waren Sie als Kind? Erzählen Sie." Die Psychologin stellte diese Frage wahrscheinlich allen ihren Patienten. Das erheiterte mich.

4.

Ich erinnere mich an schneereiche Winter, die das Tor zum Häuschen meiner Großeltern so verbarrikadierten, daß wir drei uns stundenlang in die Freiheit schaufeln mußten. Oma und Opa arbeiteten mit großen Schneeschiebern, ich bekam eine Sandschaufel, mit der ich den Schnee hoch über meinen Kopf warf. Der weiße Berg, der auf diese Weise entstand, wurde später zu einem Iglu umgebaut und der Weg von der Haustür bis zum Gartentor zur Schlucht zum Nordpol ernannt.

Dem Großvater bekam die schwere Arbeit nicht gut. Bald bekam er einen schweren Husten, der zu einem Krächzen wurde. Die Großmutter rannte ins Haus und kochte einen Huflattichtee, den der Großvater heiß in sich schlürfte. Er hustete noch mehr, lief rot an und spuckte Schleim in einen mit Asche gefüllten Spucknapf, der in Wirklichkeit ein alter Nachttopf war, und der gewöhnlich unter seinem Ohrenledersessel Platz hatte und bei solchen Anfällen vor seinen Füßen stand.

„Seine Husterei bringt mich noch ins Grab“, sagte die Großmutter und strich sanft über meinen Kopf. Der Großvater hustete und hustete, er verging fast im Husten. Und immer wieder spuckte er Schleim in den Spucknapf.

Nach endlosen Minuten ließ der Anfall nach. Der Großvater ließ sich erschöpft in seinen abgenutzten Ohrenledersessel fallen und atmete schwer. Hin und wieder hüstelte er noch, aber er spuckte nicht mehr, sondern röchelte leise und wischte sich dabei Nase und Augen mit einem Taschentuch ab. Er sprach nicht, nur aus seiner Lunge kam ab und zu ein pfeifendes Geräusch, sein Atem hatte sich beruhigt.

Dann zündete er sich seine Pfeife an und zog genüßlich den aromatischen Rauch in seine kranken Bronchien. Die Großmutter schimpfte regelmäßig über seine „Verbrechen an der eigenen Gesundheit“ und ohne aufgefordert worden zu sein, kochte sie ihm einen roten Glühwein mit Nelken und Zimt. Den Duft von Nelken und Zimt verbinde ich noch heute mit den Abenden in dem verschneiten Häuschen meiner Großeltern.

Wenn die Gefahr gebannt war, kletterte ich mit einem Märchenbuch dem Großvater in den Schoß und ließ mir eine Geschichte vorlesen, manchmal auch zwei, je nach dem, wie gut gelaunt Großvater war. Und noch bevor mir die Großmutter den Grießbrei kochte und mich anschließend ins Bett steckte, haben der Großvater und ich der Großmutter unsere „Künstlernummer“ präsentiert. Der Großvater spielte auf seiner alten Geige und ich „tanzte“ auf einem Seil, daß zwischen zwei Sesseln auf dem Boden gespannt war . Ich kam mir wie ein Zirkusartist vor, der in einer großen Manege auftritt und Erfolge feiert. Der Großvater und die Großmutter applaudierten, ich hörte den Applaus in meinen Ohren auch noch als ich schon lange im Bett lag und meine Füße an dem angrenzenden Kachelofen wärmte. Damals nahm ich mir zwei Sachen fest vor: Ein berühmter Akrobat zu werden und nie im Leben Großvaters Hustenkrankheit zu bekommen.

5.

Nein, ich bin nicht verrückt, bloß weil ich mir selbst nicht helfen kann. Sicher, ich habe mich auf ein Spiel eingelassen. Auf ein Spiel mit einer Psychologin, mit einem unbekannten Land, mit Einsamkeit und atemlosen Zeiten. Und das Spiel nahm mich mit Haut und Haar ein. Andere in meiner Lage betrinken sich täglich, schlucken Tabletten oder Drogen, ich gehe zu einer Psychologin und denke manchmal an das polnische Dorf hoch im Norden, in dem im aufgewachsen war.

In meiner Krankheit zog es mich an den Ort meiner Kindheit zurück. So müssen sich Tiere fühlen, dachte ich, vielleicht Elefanten, wenn sie spüren, daß ihre Zeit gekommen ist.

Warum mußte ich ausgerechnet jetzt nach Polen fahren? Zu wem? Ich hatte dort außer ein paar Freunden von damals niemanden mehr. Die Großeltern waren verstorben noch bevor ich nach Österreich ging, zu meinen Eltern hatte ich keinen Kontakt, seit sie mich wegen ihrer Eheprobleme der Oma und Opa „geschenkt" hatten und Krystyna... ob sie noch allein war?

Ich nutzte ein verlängertes Wochenende zu einer Annäherung an das Land, das einmal meine Heimat war. Meine Mission sollte geheim bleiben. Nur wir zwei, Polen und ich, hatten uns zu einem Rendezvous verabredet. Ich mußte diese Reise antreten um mich der Konfrontation mit dem Land, das nicht mehr meines war, zu stellen. Ausprobieren, meine Gefühle prüfen, meinen Schmerz zulassen.

Fast sechs Jahre, die mein Leben völlig veränderten, waren vergangen. Mir kam vor, als ob ich seit der Flucht damals immer noch auf der Flucht wäre, daß ich immer noch nicht meine Mitte gefunden hatte. Als ob ich immer noch Angst hätte, nach Dingen zu greifen, die anderen selbstverständlich waren. Woher kam dieses schlechte Gewissen? Was hinderte mich an meinem Freisein?

Ich erreichte Warschau am frühen Nachmittag.

Die Stadt hatte sich verändert. Manche Häuser waren noch verfallener als damals, andere wiederum mit viel Liebe zum Detail renoviert. Ich fand Neubauten, die ich nicht kannte, hübsche und geschmackvolle, aber auch häßliche und unpersönliche. Die Straßen hatten ihre Heldennamen abgelegt und hießen wieder Swietokrzyska, Nowogrodzka oder Elektoralna.

Noch nie hatte ich so viele Sprachen in der Stadt gehört, wie an jenem Nachmittag. Vor meiner Emigration drehten sich alle Menschen um, wenn jemand in einem Geschäft Tschechisch oder Russisch sprach, jetzt war es anscheinend völlig normal, sogar die Verkäufer paßten sich der neuen Lage an und warteten mit ein paar Brocken Deutsch und Englisch auf, um die kaufwütigen Einkaufstouristen aus Westeuropa bedienen zu können.

Hinter einem Kaufhaus sah ich eine Gruppe Skinheads, die gerade einen Asiaten prügelten. Zwei Polizisten standen daneben und sahen in eine andere Richtung. Als sie ein alter Mann auf die Rauferei aufmerksam gemacht hatte, sagte einer der Polizisten: „Tut mir leid. Wir sind für den Verkehr zuständig". Dem Vietnamesen kamen Freunde zu Hilfe und auch die Skinheads wurden mehr. Die Polizisten verschwanden im Kaufhaus.

Im Hotel Europejski, hinter dem ich parkte, trank ich einen Kaffee. An der Bar stand ein junges Mädchen in einem schwarzen Ledermini und greller Schminke. Sie kicherte laut und künstlich, mit auffallenden Bewegungen schüttelte sie andauernd ihre toupierte Mähne und sprach ein schlechtes Englisch. Ihr beleibter Begleiter mit Glatze, ein österreichischer Geschäftsmann, bestellte zwei weitere Cocktails. Seine Kommunikation beschränkte sich darauf, daß er dem Mädchen unentwegt den Hals und Nacken küßte.

Ein Paar, sie höchstens siebzehn, er um die fünfzig, ging zu den Aufzügen, die zu den Zimmern führten. Nachdem der Mann dem Portier einen Geldschein zugesteckt hatte, sah ihnen dieser wohlwollend nach.

Wie oft hatte ich Heimweh nach dieser Stadt gehabt. Wie oft dachte ich, daß ich hier vielleicht glücklicher gewesen wäre. Ärmer zwar, aber reicher an Gefühl und Empfindungen. Wie oft habe ich die darin verbrachten Jahre idealisiert. Jetzt war ich also da und sah. Nichts war besser geworden. Nichts war so, wie in meiner Phantasie. Wenn man sehen lernt, schließt man die Augen nicht mehr.

Ich setzte mich ins Auto und fuhr aus der Stadt.

Zwei Autostunden nördlich von Warschau lag das Dorf, in dem ich aufgewachsen war. Was würde mich dort erwarten? Das Häuschen der Großeltern war verkauft worden, mein Vater stritt mit seinen Geschwistern immer noch wegen der Ablöse, die Verwandten waren über die ganze Welt verstreut. Trotzdem wollte ich einen Blick auf die kleinen Häuser werfen, auf das Wäldchen hinter dem Dorf, auf den Bach, der vorbeifließt. Daß ich Krystyna hier finden würde, damit rechnete ich nicht. Kein Mensch, der gesunde Hände und einen Verstand hat, kann in diesem Dorf ein Leben lang bleiben. Die Erde ist karg und geizt mit ihren Früchten, außer einem Posten für Lehrer, Pfarrer und Kaufmann gibt es keine Arbeitsmöglichkeiten im Ort. Wer kann, zieht nach Warschau oder in eine andere größere Stadt.

Mich hat es am weitesten verschlagen, weil ich die tiefsten Wunden davon getragen habe. Von Eltern abgelehnt, aufgezogen von liebevollen Großeltern, die sich viel zu früh von dieser Welt verabschiedet haben. Schulen in Warschau, Beruf, Einsamkeit in der Großstadt.

Wenn schon, denn schon, hatte ich mir gesagt, packte meine Sachen und fuhr einfach weg. In Österreich tauchte ich unter, lebte zwei Jahre als U-Boot, jobbte mal da, mal dort... mehr schlecht als recht hielt ich mich über Wasser. Irgendwann bekam ich die Aufenthaltsgenehmigung, die Arbeitsbewilligung hat für mich die Versicherung besorgt, bei der ich angestellt war. Alles könnte in Ordnung sein, wenn mich nicht die Atemnot quälen würde.

Immer, wenn ich sorglose, lachende Gesichter sah, wenn ich mir klein und unnütz vorkam, immer, wenn ich an Polen dachte, schnürte es meine Brust zu und zwang mich zum Husten. Je öfter ich solche Zustände hatte, um so hartnäckiger wehrte ich mich zum Arzt zu gehen, weil ich Angst vor der Diagnose hatte. Den Namen meiner Krankheit sprach ich nicht aus. Ich dachte, sie und die Symptome durchs Schweigen aus der Welt schaffen zu können. Durchs Schweigen und Husten.

Jetzt war ich in meinem Heimatdorf.

Es war seltsam, doch noch nie in meinem Leben fühlte ich mich so einsam wie an jenem Tag. Auf der Straße traf ich nur Menschen, die ich nicht kannte. Vielleicht waren es Leute aus der Stadt, die sich auf dem Land ein Häuschen gekauft und es nur am Wochenende oder im Urlaub benützt hatten. Alles kam mir fremd vor. Die Häuser, die Menschen... sogar der Wald am Nordrand war jetzt viel größer und bedrohlicher. Auf einmal konnte ich es mir nicht vorstellen, daß ich viele Jahre ein Teil dieses Dorfes gewesen war.

Die Erinnerung an meine Jugendfreundin war das einzige Band zu diesem Dorf. Wir hatten in der gleichen Gasse gewohnt, gingen Tag für Tag zusammen in die Schule, dachten uns Spiele aus, fuhren mit Booten auf einem der Seen hinter dem Dorf, spielten Streiche und hatten keine Ahnung davon, wie glücklich wir waren. Krystyna hat mir immer gut gefallen – mit ihren blonden Zöpfen und sommersprossiger Nase... und auch später, als wir ins Gymnasium gingen, fand ich sie besonders attraktiv. Ich wollte es ihr irgendwann sagen, später, wenn wir in Warschau studieren, nur es kam alles anders. Ich inskribierte Betriebswirtschaft, Krystyna begann bei einem Rechtsanwalt zu arbeiten. Ab diesem Zeitpunkt sahen wir uns immer seltener, irgendwann haben wir uns ganz aus den Augen verloren.

Das Haus, in dem Krystyna gewohnt hatte, war abgerissen.

An seiner Stelle stand jetzt ein häßlicher zweistöckiger Turm, ohne Dach, mit blinden Fenstern. Auf der Glocke am Gartentor war der Name des Dorfkaufmanns, der mangels der Konkurrenz Preise nach seinem eigenen Ermessen beliebig erhöhen konnte und es auf diese Weise zu einem kleinen Kapitalisten gebracht hatte.

Ich spazierte die Hauptstraße entlang und versuchte in die erleuchteten Stuben hineinzublicken, doch alles, was ich sah, waren fremde Bilder, die nicht in das Mosaik meiner Erinnerung paßten. Doch dann kam ich zum Gemeindepark und sah den Obstgarten. Vor Jahren, ich war noch in der Grundschule gewesen, hatten die Dorfbewohner im Rahmen einer sozialistischen Aktion diese Bäume eingepflanzt. Jeder einen. Auch ich wollte meinen eigenen Baum haben und wählte von den vielen Bäumchen, die uns Arbeiter mit einem Lastauto brachten, eine Zwetschke aus. Ich grub ein Loch so gut ich konnte, setzte das Bäumchen hinein und schüttete die Wurzeln mit Erde zu. Erst beim Gießen habe ich gesehen, daß das Bäumchen schief stand.

Irgendwann später zog ich nach Warschau, um zu studieren und habe den Baum vergessen.

Jetzt fand ich ihn wieder.

Er stand eingeklemmt zwischen anderen Obstbäumen. Niemand hatte sich die Mühe gemacht, die Bäume umzusetzen, eventuell jeden zweiten abzusägen, damit die anderen genügend Platz hatten. Mein Zwetschkenbaum wuchs weiterhin schief und verdreht. Mit seiner Krone verkrallte er sich in die benachbarten Kronen, was nach Schmerz aussah, aber er war da. Er hat sich nicht verdrängen lassen, dachte ich. Ich habe in dem Dorf eine Spur hinterlassen.

6.

Wieviele Sitzungen muß ich noch absolvieren, um endlich gesund zu sein? Was alles muß ich der Psychologin noch erzählen, von welchen Bereichen meines Ichs den Vorhang herunterreißen, bis sie endlich sagt: „Sie sind gesund. Sie brauchen nicht mehr zu kommen." Ich atme und habe manchmal Angst dabei. Na und? Geht es nicht allen so?

Als ich nach meinem Polenbesuch der Psychologin gegenüber saß, verließ mich auf einmal der Mut. Ich kam mir albern und kindisch vor. Was für ein verrückter Einfall - wegen eines Gefühls, manchmal keine Luft zu bekommen und deswegen gleich zu einer Psychologin zu laufen! Zugegeben, ich hatte ihr mit der Zeit vertraut, gehofft, daß sie mir helfen kann, aber... Kann ich es nicht auch selbst? Keiner kann mich zwingen, wieder zu ihr zu gehen. Ich entschied mich, die einigen Male, die ich sie aufgesucht hatte, zu vergessen und schon gar nicht zuzugeben, daß ich jemals in dem Haus, mitten in der belebten Einkaufsstraße, gleich bei der U-Bahn-Station, gewesen war.

Die fünf Stockwerke lief ich beinah erleichtert hinunter. Mit der Vorstellung nie mehr hierher kommen zu müssen, nie mehr krank zu sein, nie mehr Angst zu verspüren. Auf der Straße atmete ich tief ein und aus. Meine Lunge füllte sich mit Luft, die sie problemlos wieder freigab. Ich empfand etwas wie Glück.

Im Espresso um die Ecke trank ich eine Melange. Langsam und genüßlich. Ich fühlte mich wohl. Woher plötzlich diese Sicherheit kam, war mir selbst nicht klar. Ich saß da und war zufrieden. Erst als ich zahlen wollte, bemerkte ich eine Frau an der Bar, die mir sehr bekannt vorkam. Sie saß auf einem Barhocker, vor ihr stand eine leere Kaffeetasse, im Aschenbecher neben ihr qualmte eine Zigarette. Die Frau war allein. Ihr Gesicht war nach vorne gerichtet, der Blick starr. Hatte sie mich gesehen? Ich überlegte, ob ich sie ansprechen oder lieber unbemerkt hinausgehen solle, da drehte sie sich zu mir um. Ich nickte zum Gruß, sie nickte auch. Wir beide lächelten verlegen.

Wer war sie? Sie erinnerte mich stark an jemanden. An jemanden, den ich vor langer Zeit gekannt hatte. Was nun? Sollte ich so tun, als ob wir uns nicht kennen würden? Oder sollte ich zu ihr gehen und mit ihr ein paar Höflichkeitsfloskeln austauschen? Im Gespräch würde ich schnell herausfinden, wer sie war. Während ich überlegte und an meinem Kaffee nippte, ging die Tür auf und die Psychologin mit dem italienischen Namen betrat den Raum. Sie steuerte die Bar an, setzte sich neben die Frau und sprach leise mit ihr. Nach ein paar Minuten verließen die beiden Frauen gemeinsam das Lokal.

In diesem Moment fiel mir ein, daß die Psychologin Bartollini hieß. Maria Bartollini und die Frau, die sie begleitet hatte, war Krystyna.

Ich stand auf und ging den Frauen nach. Auf der Straße vor dem Eingang zur Ambulanz holte ich sie ein.

„Guten Tag, Krystyna“, sagte ich. „Kennst du mich noch?“

Krystyna lächelte. „Mateusz“, sagte sie. „Du bist auch hier?“

Wir reichten uns die Hände und umarmten uns. Endlich war ich zu Hause. Und ich wußte auf einmal, daß ich nie wieder Atemnot haben werde.

Galina
oder
Der Traum von der Lüge

Verzeihung... Ist das der Zug nach Wien? Haben Sie hier noch einen Platz frei? Danke, vielen Dank. Ja, bitte, auch die zweite Tasche. Sie ist noch schwerer als die erste, es tut mir leid... aber wenn sie nicht mehr auf dem Boden steht, so haben wir mehr Platz für die Füße... für die zwei Stunden lohnt es sich. Wissen Sie, ich fahre sehr oft mit dem Zug und weiß, einen fußfreien Platz zu schätzen.

Oh, schauen Sie nur, der Verkäufer aus dem Kiosk hat mir zwei Zeitungen gegeben, ich habe aber nur eine bezahlt, hoffentlich wird er nicht glauben, daß es absichtlich war. Wir fahren schon, ich kann ihm die Zeitung nicht mehr zurückbringen, es waren immerhin vierundzwanzig Schillinge... so etwas liegt mir nicht, was man bekommt, muß man auch bezahlen. Das sage ich auch meinem Sohn immer. Ehrlichkeit ist die oberste Devise eines Menschen, der es zu irgend etwas bringen will.

Ich bin schon seit ein paar Tagen in Österreich und erst jetzt komme ich dazu eine russische Zeitung zu lesen. Zu Hause lese ich „Izwestja" jeden Tag, nein, kaufen kann ich sie mir nicht, das ist bei uns viel zu teuer, aber da gibt es eine Auslage am Bahnhof, dort ist die Zeitung jeden Tag aufgeklebt, alle Seiten... so können wir lesen, was in unserem Land passiert. Ja natürlich... vor der Auslage gibt es eine Drängelei, aber ich habe eine Methode entwickelt, wie ich sehr schnell nach vorne kommen kann. Ich bücke mich und suche etwas und alle treten ein bißchen zur Seite und schauen zum Boden, weil sie glauben, daß ich Münzen verloren hätte... na klar, nach Geld sucht jeder bei uns... Es ist ein kleiner Schwindel, ich weiß, aber ich habe nicht so viel Zeit...

Möchten Sie die Zeitung haben? Ich schenke sie Ihnen... Ich brauche keine zwei... Oh, es tut mir leid... natürlich, die Schrift... das Kyrillische kann nicht jeder lesen...

In Österreich kann ich mir die Zeitung kaufen, es ist eine Verschwendung, ich weiß, aber ich tue es trotzdem. Ich gönne mir diesen Hauch von Luxus auf Reisen, eine eigene Zeitung zu lesen. Ich hebe mir die Zeitungen auf und bringe sie nach Hause und dann liest sie auch meine Schwester und ihr Mann, meine Mutter und mein Vater, eigentlich die ganze Familie.

Avstrija charascho. Österreich ist gut. Wissen Sie das? Glauben Sie... ist es den Österreichern bewußt, in was für einem schönen Land sie leben? Friedlich und sicher... stabil.

Ich möchte Sie nicht langweilen... Wenn Sie wollen, sage ich kein Wort mehr... so früh am Morgen... aber zumindest schlafen wir nicht ein.

Karl sagt, ich soll mir alles kaufen, was mir nur gefällt, aber ich kaufe mir nur die Zeitung, ein schönes Gewand, damit er sich für mich nicht schämen muß, und die Fahrkarten von Wien nach Linz und zurück. Das Flugticket von Moskau nach Wien hat er mir auch bezahlt, aber auch der Willi, er weiß natürlich nichts von Karl, das ist auch nicht so wichtig. Daß ich das Geld für den Flug zweimal bekommen habe, wissen beide nicht... wozu auch... und ich kann die Miete für meine Moskauer Wohnung bezahlen und ruhiger schlafen.

Zum Glück ist Karl nicht eifersüchtig. Er ist Künstler und die Künstler haben einen freieren Geist, für ihn ist es nicht wichtig, wohin ich jetzt fahre. Hauptsache, ich war bei ihm und wir hatten eine schöne Zeit zusammen, na ja, so schön war sie auch wieder nicht, zumindest nicht für mich, aber vielleicht verstehe ich viel zu wenig von den österreichischen Männern.

Russische Männer sind einfach. Sie verlieben sich schnell und heftig und genauso schnell ist es mit ihrer Liebe vorbei, was bleibt, ist ein Kind ohne Vater und eine Frau, die so gut wie sicher sein kann, daß sie ihr Leben lang keinen anderen Partner mehr finden wird. In Rußland kommt auf zehn Frauen nur ein Mann, und der wird belagert wie eine Goldmine.

Manche der Frauen, die keinen Mann haben, gehen zu Wahrsagern oder zu Hexen und bedienen sich schwarzer Magie, um den Mann der Freundin auszuspannen. Meistens klappt es auch, ich weiß nicht, wie es funktioniert, aber es funktioniert. Mit Runen und Zaubersprüchen, mit verbrannten Haaren und Fotos, mit zerschnittenen Puppen... Sie haben keine Ahnung, was sich einsame Frauen alles einfallen lassen. Auch mir hat eine meinen Jurij ausgespannt.

Wir waren Sportler, Eislauftänzer, wir haben uns im Eislaufverein kennengelernt. Weil er ganz hellblondes Haar und blaue Augen hatte, fiel er mir auf, mehr war da nicht, wir waren damals noch Kinder und dachten nur an Sport und Leistung, das war alles, was wir im Kopf hatten. Nur wer ausgezeichnete Leistungen brachte, durfte mit zu den Wettbewerben und Olympiaden, so gesehen war die Leistung eine Eintrittskarte in die Welt, für die es sich lohnte schwer zu arbeiten.

Die Trainerin hat bestimmt, daß Jurij und ich zusammen tanzen, ich war einverstanden, weil Jurij einer der besten von den Jungen und ich auch nicht schlecht unter den Mädchen war. Wir haben uns gut eingetanzt, kein Wunder, wir haben jeden Tag hart trainiert, kannten nichts anderes, nur Schule und Training, aber trotzdem war es sehr schön.

Wir hatten ein gemeinsames Ziel. Wir wollten zu den Besten der Welt gehören. Der Weg dorthin war steinig und voller Hindernisse. Und wir gingen ihn auch Schritt für Schritt ohne uns umzudrehen. So ging es allen Kindern, die Leistungssport betrieben. Vielleicht werden Sie jetzt sagen, daß wir keine richtige Kindheit hatten, na ja, etwas ist schon dran, aber nur zum Teil.

Unsere Kindheit war der Eislaufplatz, der Ort der ersten Siege und der ersten Niederlagen. Der Eislaufplatz war unsere kleine Welt, eigentlich unser Zuhause. Hier lernten wir in den Pausen für die Schule, schrieben Hausaufgaben, schindeten unsere jungen Körper, um höhere Noten bei den Schiedsrichtern zu erzielen, hier lachten wir und weinten, hier lebten wir.

Schauen Sie... ein Eislaufplatz... Eislaufplätze im Freien waren mir immer am liebsten. Aber es geht nichts über einen zugefrorenen See! Die Romantik... Wer das nicht kennt, kann sich so etwas gar nicht vorstellen... Auf dem Eis kann man Menschen kennenlernen... sich unterhalten... sich verlieben... ah... wunderschön ist der See... hier möchte ich auch einmal eislaufen... den Kindern ein paar Sprünge zeigen... von mir aus den doppelten Lutz oder den dreifachen Axel... die Kinder haben Eiskunstläufer sicher nur im Fernsehen gesehen...

Jurij und ich waren Profis. Mit allem, was dazu gehört. Mit allen Höhen und Tiefen...

Nach dem Gymnasium habe ich Deutsch und Englisch an der Universität studiert, Jurij Medizin, ansonsten ging alles weiter wie bisher. Tägliches Training auf dem Eis, viermal in der Woche Fitneßstudio, zweimal Schwimmen. Aber trotz der beinah übermenschlichen Anstrengung haben wir unser Ziel nicht erreicht. Wir waren nur die Dritten in Moskau und die Fünften in Rußland, für die Olympiade ist es sich nicht ausgegangen.

Trotzdem läßt sich die Liste der Wettbewerbe, an der wir teilgenommen haben, sehen. Jurij hat es nicht gereicht, er machte mir oft Vorwürfe, daß ich an allem Schuld sei, weil ich jede Nacht einen Achtstundenschlaf brauchte. Er kam mit nur sechs Stunden aus und trainierte zwei Stunden am Tag länger als ich. Ich glaube, es hätte an unserer Plazierung sowieso nichts geändert, wenn auch ich um vier Uhr in der Früh aufgestanden wäre. Jurij brauchte mehr Krafttraining, um mich heben zu können, meine Sorge hingegen war es, nur nicht schwerer als fünfundvierzig Kilo zu sein.

Und das mit der Europameisterschaft in Berlin... das stimmt überhaupt nicht! Ich war nicht schuld an der verpatzten Todesspirale. Er hat mich zu tief gelegt und viel zu früh gehoben. Er kann sagen, was er will, das konnte nicht gut ausgehen.

Schauen Sie... wenn ich beinah liege, muß er mich festhalten, sonst rutschen die Kufen weg... aber er hat mich immer tiefer und tiefer fallen lassen und mit einem Ruck hochgezogen... und dann bin ich ausgerutscht und auf einmal auf dem Eis gelegen... ich konnte aber nichts dafür... Jurij ist ein Fanatiker... wissen Sie... ein Perfektionist, der nicht zugeben will, daß auch er Fehler machen kann. Jeder Sprung mußte bei ihm sitzen... er hat trainiert wie ein Besessener und für alle Mißerfolge nur mir die Schuld in die Schuhe geschoben... Sie können es mir glauben... dafür habe ich ihn manchmal gehaßt.

Ein Jahr bevor ich mein Diplom machte, haben wir geheiratet. Nein, geliebt habe ich Jurij nicht, ich mochte ihn sehr, er war ein guter Freund, aber Liebe... nein... Ich weiß nicht warum, aber ich war noch nicht so weit. Er hat mich geliebt, das weiß ich, und er hat es mir auch immer wieder gesagt... aber ich weiß nicht, warum es keinen Eindruck auf mich gemacht hatte. Vielleicht wegen der verpatzten Sprünge... oder weil er immer recht haben wollte...

Trotzdem wollte ich ihn heiraten. Wir haben uns sowieso jeden Tag gesehen und hatten niemals Schwierigkeiten miteinander, abgesehen von den kleinen Streitereien, die alle Sportlerpaare haben... so dachte ich mir, warum nicht... Außerdem habe ich niemanden anderen gekannt, der in Frage käme, wie hätte ich auch jemanden kennenlernen können bei den vielen Stunden, die wir auf dem Eislaufplatz und im Turnsaal verbracht haben.

Sie kennen Rußland nicht, ich weiß nicht, ob Sie es verstehen werden... damals war es bei uns so, die Leute haben auf eine unverheiratete Akademikerin mit dem Finger gezeigt. Schaut nur her, die hat nur Bücher im Kopf und ist nicht imstande sich einen Mann zu finden. Aber das war noch das kleinere Übel, das größere war, daß ich als ledige Lehrerin nur eine Stelle in einem Kinderdorf in Sibirien bekommen hätte, Moskau war nur für verheiratete Akademiker möglich, so kam es, daß alle Mädchen und Jungen noch vor dem Abschluß der Ausbildung geheiratet haben, nur um sich eine Zukunft in der Hauptstadt zu sichern.

Liebe war dabei nicht wichtig. Liebe ist selten wichtig, wenn es um die Zukunft geht. Im Gegenteil, sie steht dabei nur im Weg. Heute weiß ich es... Heute bin ich im Gegensatz zu damals erwachsen. Die Ehen wurden bei uns nicht im Himmel, sondern am Standesamt geschlossen. Rationell und überlegt.

Und nach ähnlichem Muster wie die Ehemänner wurden auch die Wohnungen vergeben. Eine eigene Wohnung konnte nur eine Familie mit einem Kind bekommen. Und das erst nach einigen Jahren Wartens. Jurij und ich haben bei seinen Eltern gewohnt, sie haben eine Dreizimmerwohnung gehabt, ein Zimmer für sich selbst, eines für die Großmutter, dort haben auch zwei von Jurijs Schwestern geschlafen und eines für uns. Bei meinen Eltern wäre nicht so viel Platz gewesen, ich habe drei Geschwister und die Eltern bewohnen nur zwei Zimmer und Küche.

Den Eistanz haben wir aufgegeben als ich eine Stelle an einer Grundschule als Deutschlehrerin bekommen habe. Jurij hat ein Jahr länger studiert, mußte danach für zwei Jahre zur Armee, er war auf der Insel Sachalin stationiert... wissen Sie, wo das ist...? Ich sage es Ihnen, es ist am Ende der Welt... anders kann ich es nicht ausdrücken... mit einem Wort, Jurij war für zwei Jahre fort und ich lebte allein bei seiner Familie und widmete mich meinem Beruf, aber keiner zeigte mit einem Finger auf mich, weil ich verheiratet war.

Für russische Verhältnisse verdiente ich mittelmäßig. Weil ich aber wenig Ausgaben hatte, konnte ich fast die Hälfte des Gehalts auf die Seite legen. Das Geld sollte später für die eigene Wohnung ausgegeben werden, oder für die Einrichtung... ich war stolz, daß ich erspartes Geld hatte und hoffte, daß auch Jurij auf mich stolz sein würde.

Unser Leben schien vorgeplant zu sein. Jurij kam aus Sachalin zurück und bekam eine Stelle in einem Krankenhaus in der Augenabteilung. Nach einer fast dreijährigen Ehe bin ich schwanger geworden und da passierte etwas Unerwartetes.

Es waren sicher die Hormone oder die Freude, daß Jurij wieder da war, mit einem Wort, ich habe mich in meinen eigenen Mann verliebt, es war mir beinah peinlich, aber so war es. Mit der Zeit habe ich mich an das Gefühl gewöhnt und habe es ihm auch gesagt. Ich dachte, er wird sich freuen, aber es schien, als ob er ab dem Moment, als er sich meiner sicher fühlte, jegliches Interesse an mir verloren hätte.

Auf einmal wollte er ein Auto haben, und ich habe ihm auch das ganze ersparte Geld gegeben, nur damit er zufrieden ist. Er hat zusätzlich einen Kredit aufgenommen und sich Geld von Freunden ausgeborgt... nur... seit wir das Auto hatten, war Jurij kaum zu Hause. Er mußte immer irgendwohin fahren... etwas erledigen... mit Freunden feiern... Natürlich hat er Frauen gehabt, das weiß ich, Bekannte haben es mir erzählt, und ich habe sie ihm auch vergönnt, nur die Gleichgültigkeit, mit der er mir begegnet ist, hat mir wehgetan. Ich hielt aber durch und hoffte, daß Jurij sich nach der Geburt des Kindes ändern wird.

Unser Sohn Maxim wurde geboren und Jurij verließ uns.

Zu allem Übel verlor ich auch noch den Posten in der Schule und mußte mich nach einer neuen Arbeit umsehen, um das Kind und mich zu ernähren, denn Jurij zahlte für uns keinen Rubel. Russische Männer haben keine Verantwortung für die Familie, sie laufen alle davon, wenn Schwierigkeiten auftauchen. Kein Wunder bei dem Überangebot an Frauen, die bereit sind alles zu tun, um einen Mann zu bekommen und zu halten.

Na ja. Ich war eine siebenundzwanzigjährige Frau, geschieden und arbeitslos. Keine Seltenheit in Moskau. Eine Stellung zu finden war nicht einfach, doch mit Beziehungen gelang es mir. Anfangs habe ich in einem Büro gearbeitet, aber auch das war nur von kurzer Dauer, später war ich Verkäuferin in einem Gemüsegeschäft und dann Arbeiterin am Fließband, jetzt verkaufe ich von Haus zu Haus Kosmetik, aber ich sage Ihnen, das Geschäft geht schlecht, die Leute haben kein Geld und wenn sie eins haben, kaufen sie sich lieber Butter oder Margarine, als eine Creme für das Gesicht.

Mein Sohn Maxim ist zehn Jahre alt und hat seinen Vater noch nie gesehen. Und dabei sieht er aus wie eine Kopie von ihm. Auch er hat hellblonde Haare und blaue Augen, bewegt sich wie Jurij und lacht genauso wie er. Maxim ist alles, was ich noch habe und es ist mir wichtig, daß es ihm gut geht. Moskau ist aber kein guter Platz für ihn, es tut mir leid als Russin so etwas sagen zu müssen, aber es ist so. Mein Sohn hat keine Perspektive in Rußland und es ist meine heilige Pflicht, sein Leben so zu lenken, daß er glücklich wird. Vom Patriotismus allein wirst du nicht satt.

Deswegen habe ich auch eisern gespart. Die einhundert Dollar zu besorgen war keine Kleinigkeit für mich, ich habe dafür meinen Ehering verkauft und auch das silberne Teeservice von meiner Großmutter und den *Samowar*, das Familienerbstück... wenn das meine Mutter wüßte... die Sachen werde ich nicht mehr brauchen, wenn ich im Westen lebe... das hat Natascha gesagt und auch die Frau von der Agentur... Natascha ist meine beste Freundin. Seit einem Jahr lebt sie in Wien. Ihr Ehemann Matthias ist Österreicher. Sie haben sich durch die Agentur *Interlove* kennengelernt. Wenn es Natascha gelungen ist, wird es auch mir gelingen. Und dabei darf das Geld keine Rolle spielen. Die einhundert Dollar sind die Investition für unser neues Leben. Die Agenturchefin hat versprochen, mir um das Geld einen neuen Mann zu finden, einen aus Westeuropa oder Amerika, einen, der Geld hat und der Maxim und mich lieben wird.

Ich war in ihrem Büro.

Sie hat mit mir lange gesprochen und Formulare ausgefüllt. Alter, Größe, Gewicht, Beruf, Hobbys, Neigungen, Kinder – ja oder nein – werden sie in die neue Ehe mitgenommen – ja oder nein – Krankheiten, erbliche Vorbelastungen, besondere Merkmale, Behinderungen... Blutgruppe, Schuhgröße... lieben Sie Tiere – ja oder nein – ... Sie hat nichts ausgelassen.

Und dann hat sie mich vor eine Filmkamera gesetzt und ich sollte mich vorstellen... wir haben das ganze in Deutsch und in Englisch gedreht... es war eigenartig, ich sollte mich einem Mann vorstellen, den ich noch nie gesehen habe... einem, der vielleicht eines Tages mein Ehemann... der Vater meiner zukünftigen Kinder sein wird.

Die Kamera und das Licht... es war beinah wie eine Aufnahme in Hollywood... und ich war der Star... verstehen Sie mich richtig... aber... die Kamera war schon etwas Besonderes... Ich hatte mein schönstes Kleid an und habe die Nacht davor auf Lockenwicklern geschlafen... die ganze Nacht... na ja, so sind wir Frauen... wir wollen gefallen... das ist doch normal...

Und dann habe ich in die Kamera gesagt: *Mein Name ist Galina, komme aus Moskau, bin Deutsch- und Englischlehrerin, habe einen Sohn Maxim, er ist zehn Jahre alt. Ich suche einen Mann, der eine harmonische Familie schätzt. Bitte sofort melden, weil ich zur Zeit arbeitslos bin und bald meine Wohnung räumen muß. Ich bringe 2.000 Bücher und mein Diplom von der Lomonossow-Universität mit.*

Nach ein paar Wochen sind die ersten Briefe gekommen – aus Deutschland, Österreich, Dänemark und was weiß ich von wo... Es ist interessant, was die Männer alles schreiben... über ihre früheren Beziehungen und vergangene Lieben, die keine wirklichen Lieben waren... und an allem waren nur die Frauen schuld... so steht es jedenfalls in den Briefen... das habe ich mir nicht ausgedacht... also bei uns in Rußland kann sich kein Mann beschweren... die Frauen verwöhnen ihn und lesen ihm jeden Wunsch von den Augen ab.

Ein Mann aus Finnland hat mir einen fünfzig Seiten langen Brief geschrieben... dort stand alles, wirklich alles... von seiner gescheiterten Ehe und von seinen Kindern, aber vor allem von seiner Einsamkeit. Er lebt irgendwo im Norden... an einem See... ganz allein... und die Kinder sind in Helsinki und die Frau... so ein verlassener Mensch hat seine Nöten...

Ich habe die Briefe nächtelang gelesen und die meisten auch beantwortet, es hat mir Freude bereitet, etwas für die Zukunft zu tun. Mit der Zeit war ich geübt im Schreiben... in Deutsch und in Englisch... jetzt hat sich meine Ausbildung bezahlt gemacht... Stellen Sie sich vor, wenn ich Biologin geworden wäre oder Meteorologin... was hätte ich jetzt davon?... aber mit den Sprachen kommt man vorwärts. Nicht umsonst sagt man: Wieviele Sprachen du sprichst, so viele Male bist du ein Mensch.

Ich habe mindestens dreißig Briefe geschrieben. Aber auf meine Briefe habe ich nur wenige Antworten bekommen, der Mann aus Finnland hat angerufen und sich seitdem nie wieder gemeldet, ich glaube, in dem langen Brief wollte er sich nur abreagieren... schade... ich hätte ihn gern kennengelernt.

Aber aus Amerika kam ein interessantes Angebot, ich soll meine Koffer packen und sofort nach Boston fahren, alles wird bezahlt, die offizielle Einladung war gleich dabei und auch ein Foto von einem Haus.

Der Mann, der mich eingeladen hat, hieß Robert, war sechzig Jahre alt, na ja, ich bin siebenunddreißig... aber trotzdem... es ging um die Zukunft meines Sohnes und wenn Robert mich mag... da stören mich auch seine sechzig Jahre nicht, warum auch, das Haus auf dem Foto sah wie in den amerikanischen Filmen aus, es war blau gestrichen, das Geländer weiß... von so einem Haus habe ich schon immer geträumt.

Ich erledigte die Formalitäten, gab Maxim zu meiner Schwester und flog zu Robert. Er holte mich am Flughafen ab und fuhr gleich mit mir in ein Einkaufszentrum, kaufte mir drei Kleider und einen Mantel, Schuhe und Handtasche, ich sah wie eine Lady aus einem Modemagazin aus, so schön war ich noch nie.

Robert war ein echter Gentleman. Wir waren fein essen und fuhren mit seinem Wagen in der Gegend herum, er zeigte mir seine Firma, in der er als Supervisor gearbeitet hatte. Bei ihm zu Hause hat er mir den Katalog gezeigt, wo er mein Foto gefunden hatte... es war so ein Heft, in dem Frauen aus Osteuropa und Asien wie Supermarktware angeboten waren... alles stand dort, Alter, Größe, Gewicht, Beruf, mit oder ohne Kinder... er brauchte nur zu blättern und sich eine oder mehrere auszusuchen... und dann hat er mein Foto gesehen und er wollte nur mich.

Ich erinnerte ihn an seine erste Liebe. Er hatte die Frau seinerzeit verehrt, sie aber nie angesprochen und so kam es, daß sie einen anderen geheiratet hat und er dachte sein ganzes Leben lang an sie, er liebte sie innig, zog überall hin, wo sie gerade wohnte, stellte sich vor, daß er mit ihr lebte, Kinder zeugte, sie in die Schule schickte, er, der Familienvater und Ehemann... eigentlich war sein ganzes Leben eine Lüge... aber davon wollte er nichts wissen.

Und jetzt hatte er mich gefunden und dachte an die Realisierung seines Traums... im Prinzip hätte ich auch nichts dagegen, wenn er nicht ständig versuchen würde, mich seinen Vorstellungen anzupassen. Ich mußte mich so kleiden wie die Stephanie... sogar Haare färben sollte ich und ein paar Kilo zunehmen... na ja, für die Zukunft, für die sichere Zukunft für mein Kind und mich... würde ich... fast... alles tun.

Und dann war da noch etwas... ich hoffe, daß Sie mich nicht mißverstehen... ich bin erst siebenunddreißig... oder schon... je nach dem... und ich brauche nicht nur einen Versorger oder Vater... mein Gott, ist es schwer darüber zu reden... na gut... wir kennen uns nicht und... und wem sollen Sie es schon erzählen... ich sage es Ihnen, wenn Sie wollen...

Robert war impotent... so etwas habe ich in meinem Leben noch nie erlebt... er war impotent, wie ein Mann nur impotent sein kann... da rührte sich nichts... nicht einmal ein bißchen... ich habe keine Erfahrung damit, aber ein Sechzigjähriger... nein, es muß auch bei einem Sechzigjährigen gehen... denke ich... Sie nicken... ich verstehe... aber Robert... ich glaube, er hat nie in seinem Leben eine Frau gehabt... wie nennt man es... er war eine Jungfrau... heißt es auch bei einem Mann so... es war schrecklich... nicht das, daß er nicht konnte, sondern ihm zu zeigen, daß es mir nichts ausmacht... und wie es mir etwas ausgemacht hat... aber das Haus war wirklich schön.

Aus Österreich kamen zwei Briefe – einer aus Linz und einer aus Wien. Karl und Wilhelm. Karl schrieb, daß er Künstler sei und ich solle ihn besuchen. Willi war Geschäftsmann und entschied sich, mich in Moskau kennenzulernen. Ich sollte das beste Hotel reservieren, zwei Zimmer... ist das nicht merkwürdig... er kommt nach Moskau und schläft in einem anderen Zimmer... wie kann er mich dann kennenlernen...?

Er war eine Woche da, führte mich ins „Bolschoj Theater" aus. Ich war noch nie dort gewesen, Gott ist mein Zeuge, das „Bolschoj Theater" kennt jeder, nur die Russen nicht, die Karten sind viel zu teuer und mit Rubeln überhaupt nicht zu bekommen, mit einem Wort, schon der Eingang war wie in einem Märchen... der rote Teppich... und mein schönes Kleid, ich fühlte mich wie eine Prinzessin, die von einem Prinzen auf einen Ball begleitet wird.

Der Abend war zauberhaft. Und das alles in Moskau... mitten in unserer Stadt... eine fremde Welt. Wissen Sie, ich tanze gern... auf dem Eis und auch auf dem Parkett... nur der Tanz ist mir in der schweren Zeit geblieben...

Für den Willi war Moskau eine Stadt, die er sich mit seiner harten Währung untertan machen konnte. Er zahlte überall mit einer seinen Kreditkarten... goldene Visa, Diners Club, Eurocard... gab an einem Tag so viel Geld aus, wie ich es noch nie gesehen hatte... er trieb mich immer mehr an, er wollte so viel wie möglich sehen und erleben und, und, und...

Den Kellnern verdrehte es buchstäblich die Augen bei seinen Trinkgeldern, er ließ sie dafür aber auch ganz schön laufen. Ich merkte, daß ihm die Schikanen Spaß machten, mir waren sie unangenehm, ich schämte mich ein bißchen.

Willi reist gern. Zwar auf seine Weise... aber gern. Wenn es nach ihm ginge, würde er das ganze Rußland bereisen, in den teuersten Hotels absteigen, in den besten Restaurants essen und die kostbarsten Geschenke kaufen... Pelze, Kunst, Antiquitäten... Willi war in Moskau wie berauscht.

Und auf einmal hat er genug von dem Luxus gehabt. Jetzt will er das einfache Volk sehen, hat er nach ein paar Tagen gesagt... ich bin das einfache Volk habe ich ihm gesagt... und zerrte ihn weg vom Taxistand in eine Metrostation. Wenn du das einfache Volk sehen willst, sagte ich ihm, mußt du mit der Metro fahren, auf einfachen Märkten „Pirogy“ essen und nicht Kaviar im „Interkontinental“. Du mußt an den Bettlern vorbeigehen, sagte ich ihm, mit ihnen reden, zuhören, ihnen ein paar Münzen zuwerfen, mit Obdachlosen im Park Wodka trinken, im Lebensmittelgeschäft zusehen, daß das Brot ausgegangen ist, während draußen noch mindestens fünfzig Leute warten. Nein, nein, sagte er, so wichtig ist es mit dem einfachen Volk auch wieder nicht, er dachte nur an einige gemütliche Stunden in einem Wirtshaus mit einem

Ziehharmonikaspieler... er dachte an ein Klischee, das es in Rußland schon längst nicht mehr gab.

Nach St. Petersburg sind wir mit dem Zug gefahren, es war in der Nacht. Wir hatten zwei Liegen in einem Schlafwagen reserviert, leider waren wir in dem Coupé nicht allein. Als wir es betraten, lagen ein Mann und eine Frau auf den Liegen auf der rechten Seite und schliefen. Es stinkt hier, sagte Willi angewidert, tatsächlich roch ich ungewaschene Körper und Wodka. Willi zog ein Spray aus seiner Tasche heraus und besprühte damit seine und meine Liege. Dann betupfte er sich mit einem Parfum, das Gemisch von Schweiß, Alkohol und Duft war unerträglich, da wäre mir schon der natürliche Gestank lieber gewesen, aber ich habe Willi nichts gesagt.

In der Früh sind der Mann und die Frau vor uns aufgestanden, sie haben Deutsch gesprochen, an ihrem Dialekt habe ich erkannt, daß es Österreicher waren. Willi schlief noch, er hörte die Leute nicht reden, ich habe ihm dann nachher auch nichts gesagt, um ihn mit den stinkenden Landsleuten nicht zu kränken.

St. Petersburg hat Willi sehr gut gefallen. Besser als Moskau. Die Häuser, die Kanäle und die Brücken, die Paläste, Schlösser, Galerien und Denkmäler... alle Touristen, die zu uns kommen, schwärmen davon. Und auch alle geben uns Ratschläge, wie wir die Stadt renovieren sollten. Als ob wir das nicht selbst wüßten. Mit Geld natürlich, mit Geld, das wir nicht haben.

Willi weiß alles besser als ich. Er belehrt gern und zeigt, daß er der Überlegene von uns beiden ist. Deshalb wollte ich ihm etwas zeigen, was ich besser kann als er. Ich führte ihn zum größten Eislaufplatz der Stadt. Ich mußte ihn nicht lange überreden, eigentlich war er sofort damit einverstanden, daß wir uns Schlittschuhe borgen und ein paar Runden auf dem romantischen Platz drehen.

Er lief sicher auf den Schlittschuhen, aber nur gerade und nur nach vor, aber als ich ihm meine Sprünge und Pirouetten gezeigt hatte, haben seine Augen geblitzt, ich glaube, da hat er mich zum ersten Mal als einen Menschen wahrgenommen. Wir liefen dann Hand in Hand auf dem Eis im Kreis zusammen mit all den anderen Leuten, die auch da waren, lächelten uns andauernd an und sahen mit der Zeit niemanden außer uns.

Ich spürte eine angenehme Wärme in mir aufsteigen und war beinah glücklich. Ich dachte, jetzt wäre der richtige Zeitpunkt, ihm von Maxim zu erzählen und ich habe es auch getan und auf einmal war er anders, er mag keine Kinder, hat er gemeint, dabei hat er selbst zwei, ein Mädchen und einen Jungen, die bei ihrer Mutter leben.

Er hat dann im Hotel eine Einladung für Österreich geschrieben, für mich und meinen Sohn, dann ist er in das Badezimmer gegangen und hat mir unterwegs die Einladung nur zugeworfen... da hast du... hat er gesagt... wenn es dir so wichtig ist... und hat die Tür zugemacht.

Ich habe mich ausgezogen und mich ins Bad geschlichen... sprang zu ihm in die Badewanne, das Wasser spritzte und lief über und er schrie... das mußt du alles bezahlen... ich habe gelacht... du magst doch spontane Frauen, habe ich gesagt, aber er hat nur über den Schaden, den das Wasser im unteren Stockwerk anrichtet, geredet.

Die Einladung habe ich ihm zurückgegeben. Ich habe sie auf den Tisch geknallt, weil mir seine Erniedrigungen schon auf die Nerven gegangen waren. Ich brauche deine Einladung nicht, habe ich ihn angeschrien, das einzige, was ich will, ist eine harmonische Familie, aber davon verstehst du nichts.

Ich begann meine Sachen zu packen, aber das wollte er nicht. Mir rennt keine Frau davon, hat er gesagt, er hob mich in die Höhe und trug mich in sein Bett.

Die folgende Nacht habe ich in seinem Zimmer verbracht. Willi war im Gegensatz zu Robert ein ganzer Mann, kraftvoll und ausdauernd, in dieser Hinsicht könnte er ein Russe sein, der sich mit seiner Leistung von der Masse abheben will. Er bewegte sich über mir wie ein Raubtier und brüllte dabei laut. Ich habe nur still gehalten und freute mich, daß er auf seine Kosten kam.

Als er fertig war und wir nackt und erschöpft auf dem Laken lagen, hat er mich nach dem Preis für eine Prostituierte gefragt. Ich habe ihn angeschaut und dabei gelacht, weil es so komisch war, daß er in diesem Moment nach einer Prostituierten fragte, aber er lachte nicht und sah nur mit versteinertem Blick zur Decke. 350$ sagte ich, das habe ich so gehört, konnte mir aber nicht vorstellen, daß jemand so viel Geld für ein bißchen Liebemachen, das er in Moskau an jeder Ecke umsonst haben kann, bezahlen würde. Willi stand wortlos auf, zog sich an und ging aus dem Zimmer. Er kam erst im Morgengrauen zurück und roch nach dem mir verhaßten Parfum *Krasnaja Moskwa*.

Krasnaja Moskwa riecht süß und schwer. Kennen Sie das Parfum? Noch vor einigen Jahren war es ein beliebtes Souvenir in Rußland. Die Touristen nahmen es mit nach Hause, verwendeten es ein oder zweimal und dann warfen sie es wahrscheinlich weg oder staubten es jahrelang auf der Kommode ab... je nach dem... aber ich kann es mir nicht vorstellen, daß sich eine Frau in Westeuropa mit so einem Duft identifizieren kann.

Krasnaja Moskwa erinnert mich an die Schwermut unseres Volkes, an seine Sturheit und Unbeweglichkeit... und sie erinnert mich an verblühte Weiblichkeit, aufdringlich und welk...

Willi, so scheint es, machte der Duft nichts aus. Er ist, glaube ich, ein Mann, der einen Menschen erniedrigen muß, damit er sich wohl fühlen kann. Das alles wäre mir egal. Er soll so viele Frauen haben, wie er braucht. Die Männer sind halt so. Damit kann ich leben. Ich darf jetzt nicht an mich denken, sondern nur an Maxim, dem ich eine bessere Zukunft schuldig bin.

Beim Abschied am Flughafen hat er mir Geld für den Flug nach Wien geschenkt und auch die Einladung in einem Kuvert dazu gelegt. Ich sollte in zwei Monaten kommen. Er hat nichts mehr von Maxim gesagt und auch von unserer Zukunft nicht, aber er wirkte positiver als die Tage davor.

Er roch wieder nach seinem Rasierwasser und Deodorant, er roch nach sich selbst. Ich mochte seinen Geruch. Beim letzten Kuß hat er mir ins Ohr gehaucht, ich sei eine wunderbare Frau, die einzige in seinem Leben, die keinen Druck auf ihn ausübt. Und so etwas sagt er mir ganz zum Schluß. Leb wohl, du bist eine wunderbare Frau, aber ich fahre weg von dir und du kannst schauen, daß du allein zurecht kommst.

Langsam halte ich mich selbst für nicht normal. Ich bin gut zu den Männern, ich bemühe mich wirklich, trotzdem finde ich keinen, der nur mir allein gehören würde. Ich glaube, ich sollte nicht so gut zu ihnen sein, das hat auch eine Freundin von mir gesagt, wirf ihnen einen Blumentopf an den Kopf wenn sie ungut sind oder ein Teller, rase, tobe, beiße... dann verlieben sie sich schneller. Ein Mann schätzt nur das, was er erobern muß.

Ich weiß nicht, ob ich diesen Rat befolgen kann. So etwas liegt einer Frau oder es liegt ihr nicht. Mir liegt es eher nicht. Ich verwöhne den Mann, den ich haben möchte, ich bin zärtlich zu ihm und erfülle alle seine Wünsche. So wie dem Karl.

Sein Brief war anders als die anderen. Er hat ihn mit der Füllfeder geschrieben, die Schrift war klein und ordentlich. Die paar Sätze, mit denen er sich vorgestellt hatte, klangen freundlich und nett. Auch er legte eine Einladung nach Österreich bei und siebentausend Schillinge für den Flug.

Bitte, lachen Sie jetzt nicht, aber auch das gehört zu meiner Geschichte. Bevor ich nach Österreich reiste, nahm ich die Briefe von Karl und Willi und brachte sie zu einer Hellseherin. Sie ist eine *Babuschka* im Gorki-Park, die aus der Hand und Kaffeesud lesen kann. Sie sieht, was andere gern sehen würden. Viele Kunden gehen zu ihr, weil sie mit ihren Prophezeiungen recht hat. Sie verlangt ein paar Rubel dafür, natürlich ist es wieder eine Ausgabe, aber es ging doch um meine und Maxims Zukunft.

Der da ist nichts für dich, mein Mädchen, hat sie gesagt und hielt mir den Brief von Karl hin. Ich sehe Frauen und Männer... unkeusche Taten... Sodom und Gomora... Er ist kein stabiler Mensch, dein Leben mit ihm wäre die Hölle. Seine Launen würden dich umbringen.

Besser ist schon dieser da, zeigte sie auf Willis Brief... ich sehe Geld und Macht... Entscheidungskraft... er weiß, was er will... er ist dominant und das ist gut für dich. Du brauchst einen starken Mann, weil du selbst schwach bist.

Die *Babuschka* aus Gorki-Park ist in Moskau sehr angesehen... aber ich glaube nicht an jeden Hokuspokus... ich war dort nur...mehr aus Spaß... Sie werden doch nicht glauben, daß ich so eine Wahrsagerei ernst nehme?

Ich glaube nur daran, was ich sehe oder was ich mir wissenschaftlich erklären kann. Nicht einmal die Astrologie ist eine anerkannte Wissenschaft, das hat man uns immer wieder in der Schule gesagt... wissen Sie, die Ausbildung in Rußland ist nicht schlecht... sie ist sogar sehr gut... Russen haben Nobelpreise bekommen... und viel Anerkennung in der Welt... so gesehen kann ich stolz darauf sein eine Russin zu sein... Und wer mich zur Frau bekommt, kann auch stolz sein.

Mit dem Geld von Willi und von Karl bin ich nach Wien geflogen. Ich habe Willi geschrieben, daß ich erst nächste Woche komme. Vorher wollte ich nach Linz fahren und Karl kennenlernen. Karl hat mich am Flughafen abgeholt, wir sind mit seinem Auto zu ihm nach Hause gefahren. Er wohnt in einer Wohnung, die hat viele Zimmer, sie ist wunderschön eingerichtet und schaut wie ein Palast aus. Da ist alles auf einander abgestimmt, die Teppiche passen zu den Vorhängen, Vasen zu den Tischtüchern, das Geschirr zu den Zierleisten in der Küche.

Karl ist Künstler. Er malt Bilder. Es sind ganz große Bilder in bunten Farben, ich konnte daran aber nichts erkennen außer den Farben. Karl sagte, ich sollte weiter weggehen, und die Gemälde aus der Entfernung betrachten, ich habe getan, was er von mir wollte, aber erkennen konnte ich trotzdem nichts. Er hat nur gelacht und gemeint, daß seine Bilder nichts für die Augen, sondern fürs Herz seien. Ich aber denke, wenn man das Bild nicht mit den Augen sehen kann, wird das Herz auch nicht viel sehen können. Davon habe ich Karl nichts gesagt, ich habe ihn nur angelächelt und so getan, als ob ich alles verstanden hätte.

Karl ist Ästhet. Ein pedantischer Ästhet. Alles in seiner Umgebung muß im harmonischen Verhältnis zu einander stehen. Gegenstände, Menschen, Objekte... auch mich hat er andauernd kritisch gemustert, als ob er überlegen würde, ob meine

Haarfarbe mit der seinen korrespondiert oder meine Jacke zu seinen Schuhen paßt.

Mein neuer Freund hat mir Linz gezeigt, die Donau und die Burg und ein Haus, das er am Stadtrand gekauft hatte. Es wird gerade renoviert. Dort wird bald sein Atelier sein und viel Platz für Freunde. Das Haus ist ein paar hundert Jahre alt, ganz aus Steinen gebaut, auf die Karl so stolz ist, weil sie so viel Ausstrahlung haben. Für mich strahlen die Steine nichts als Kälte aus und für die kann ich mich nicht begeistern. Winter in Moskau sind lang und hart, eine ungeheizte Wohnung kann zur tödlichen Falle werden und da soll ich etwas für ein kaltes Haus im Westen übrig haben? Zum Glück ist seine Stadtwohnung warm und kuschelig.

Am Abend gingen wir aus. In eine Diskothek oder eine Bar... ich weiß nicht, wie die Lokale genau heißen, ich kenne mich da nicht so gut aus. Wir haben dort etwas getrunken und Karls Freunde Peter und Günter getroffen... sie waren sehr nett zu mir... Günter sucht auch eine Frau, ich habe versprochen, für ihn eine zu finden.

Als die Nacht fortgeschritten war, gingen wir in Karls Wohnung, er holte aus dem Keller Wein... wir tranken und redeten und wir tanzten miteinander... auch die Männer... es war sehr lustig... ich glaube, Peter und Günter sind auch Künstler... kreativ und ungehemmt, wirklich ausgelassen...so einen vergnügten Abend habe ich seit langem nicht erlebt.

Dann gingen Karl und ich ins Schlafzimmer und schliefen miteinander, er wollte es so und ich war sehr glücklich und machte alles, was er von mir erwartet hatte. Dann kamen Peter und Günter zu uns, sie waren auch nackt und Karl sagte, daß ich zu ihnen nett sein solle, wirklich nett, es machte ihm nichts aus, daß ich mit ihnen das gleiche tue, was ich mit ihm vorhin getan hatte.

Sie sollen nur nicht glauben, ich sei eine verdorbene Frau, nein, das bin ich sicher nicht, ich war nur deswegen einverstanden, weil Karl mich darum gebeten hatte und ich ihn nicht enttäuschen wollte.

Es war für mich das erste Mal im Leben, daß ich mit drei Männern gleichzeitig im Bett lag, es war ungewohnt, aber nicht unangenehm, sie haben sich um mich bemüht... und wenn ich ehrlich sein soll... ich hatte schon seit langem keinen Mann... wenn Sie verstehen... und ich tat auch alles, was in meiner Macht stand, damit die drei glücklich werden.

Als alles vorbei war, gingen Karl, Peter und Günter hinaus, sie lachten und klopften sich auf die Schulter, wie es echte Kameraden tun. Ich schlief vor Erschöpfung ein und wachte irgendwann wieder auf und ging nackt ins Wohnzimmer und sah Karl und Günter bei einem Spiel, das mich an die Spiele von vorhin erinnerte und machte, bevor sie mich bemerken konnten, leise die Tür von außen zu.

In der Früh waren Karl und ich allein, er lag hilflos neben mir im Bett und klagte über Fieber und Schüttelfrost, ich solle ihn allein lassen, er mag es nicht, als Kranker von jemandem umsorgt zu werden. Er gab mir Geld für den Zug nach Wien, er würde sich bei mir melden und mich wieder einmal nach Linz einladen.

Ich mag Karl. Trotz allem, was in Linz passiert ist. Er ist mir näher als Willi, weil er ein ganz lieber Mensch ist... fesch, freundlich und lustig... ich könnte mir vorstellen, ihn irgendwann zu lieben... Ich weiß nicht, was die *Babuschka* aus dem Gorki-Park gegen ihn hat. Zugegeben, er trinkt viel und ist bisexuell, aber sonst ist er in Ordnung. Er war gut zu mir und er will mich wiedersehen. Schauen Sie, er hat mir auch dieses Frühstück gekauft, lauter Köstlichkeiten, so gut ist er zu mir.

Willi glaubt, daß ich erst übermorgen ankomme. So lange kann ich aber nicht warten. Ich werde jetzt zum Flughafen fahren und ihn von dort anrufen und sagen, mein Flug wurde vorverschoben und ich bin schon in Wien. Er wird sicher kommen und mich abholen, vielleicht wird er sich sogar freuen, daß ich ein paar Tage früher als erwartet da bin. Wir werden zu seinem Haus fahren und ich werde sehen, wie er wohnt. Er hat sicher ein schönes Haus mit einem Garten, alle Österreicher haben schöne Häuser mit Gärten, mit kleinen Kinderspielplätzen und Blumenparadiesen, mit Jägerzäunen rundherum.

Wir kennen uns seit Moskau und er will mich wiedersehen. Es ist ein gutes Zeichen. Vielleicht empfindet er etwas für mich... sicher empfindet er etwas für mich... ansonsten hätte er mich nicht eingeladen. Es ist möglich, daß er sich eines Tages in mich verlieben wird.

Ich werde in Willis Haus ein Zeichen setzen, daß ich da war, einen Handabdruck an der Wand oder auf dem Fenster, ein persönliches, kleines Geschenk, das ihn an mich erinnern wird. Immer, wenn er den Abdruck sehen wird, wird er an mich denken müssen. Das war Galina, die einzige Frau, die ihm alles verzieh, die ihn nicht unter Druck setzte.

Mein Visum läuft in fünf Tagen ab. In diesen fünf Tagen muß es mir gelingen den Willi oder den Karl zu überzeugen, daß ich die richtige Frau für ihn bin. Sollte es nicht gehen, werde ich ein Inserat aufgeben, in allen Zeitungen... expreß... es muß sich doch in Österreich ein Mann für mich finden. Glauben Sie nicht...?

INHALT